Heather Brooks

Wild Horse Ranch

Ein Traumpferd für Emily

FSC www.fsc.org
MIX
Aus verantwortungs-vollen Quellen
FSC® C022120

5 4 3 2 1

ISBN 978-3-649-67120-6

Die amerikanische Originalausgabe erschien 2009
unter den Titeln »Running Horse Ridge – Sapphire: New Horizons«
und »Running Horse Ridge – Hercules: A Matter of Trust«
bei HarperCollins, New York
Published by arrangement with HarperCollins Children's Books,
a division of HarperCollins Publishers.
Dieses Werk wurde vermittelt durch die Literarische Agentur
Thomas Schlück GmbH, 30827 Garbsen
Aus dem Amerikanischen von Miriam Margraf
Umschlagfotos: Mädchen mit Pferd: Shutterstock
© Konstantin Tronin, Bildnr. 258040685;
Schild: Shutterstock © Odua Images, Bildnr. 182625806
Redaktion: Valerie Flakowski
Satz: FSM Premedia GmbH & Co. KG, Münster
Printed in Germany
www.coppenrath.de

Das ebook erscheint unter der ISBN: 978-3-649-62328-1

Heather Brooks

Wild Horse Ranch

EIN TRAUMPFERD FÜR EMILY

Aus dem Englischen übersetzt
von Miriam Margraf

COPPENRATH

Wild Horse Ranch

EIN STÜRMISCHER ANFANG

Kapitel 1

Scott Summers trat so hart auf die Bremse, dass Emily die Reste ihres Schokoladenmilchshakes über ihren Lieblingsjeans verschüttete. »Dad!«

»Hätte ich das Pferd anfahren sollen?«, fragte ihr Vater und deutete auf die Straße.

Emily hob den Blick und sah einen anmutigen Rappen direkt vor den Wagen springen. Seine Ohren waren angelegt, die Zähne gebleckt, als wollte er das Auto zu einem Zweikampf herausfordern. Er hatte glänzendes schwarzes Fell und eine Blesse mitten auf der Nase. »Der sieht ja aus wie Bolero!«, rief Emily erstaunt.

Bolero war das Pferd, auf dem Emily zu Hause in New Jersey eine Reitbeteiligung hatte. Er war das beste Dressurpferd im Stall und eigentlich hatte Emily an diesem Wochenende mit ihm an einem Turnier in

Norfolk teilnehmen wollen. Doch dann war plötzlich Scotts Dad gestorben und sie hatten sich auf den Weg nach Oregon gemacht. Da Emily ihrem Großvater nie begegnet war, hatte sie anfangs gehofft, sie könnte ihren Vater überreden, allein zu fahren – die Vorstellung, das Turnier zu verpassen, war ihr unerträglich gewesen. Aber nachdem ihr Vater gesagt hatte, wie gerne er sie dabeihaben wollte, war ihr nichts anderes übrig geblieben, als ihn zu begleiten.

Seit dem Tod ihrer Mutter vor zehn Jahren war ihr Vater nicht mehr auf der Farm seiner Eltern gewesen. Er redete nicht viel über die Vergangenheit, und Emily akzeptierte das, obwohl sie darauf brannte, mehr über ihre Familie zu erfahren. Dass Scott diese Reise Unbehagen bereitete, war ihm nur zu deutlich anzumerken. Seitdem sie aus dem Flugzeug gestiegen waren, fummelte er nervös an seiner Armbanduhr herum.

Emily riss die Beifahrertür auf und hüpfte hinaus auf den Feldweg, wo ihre weißen Turnschuhe sofort im Schlamm versanken. Das Pferd schnaubte. »Hey, du Schöner. Was machst du denn hier so ganz allein?«

Der Rappe spitzte ein Ohr, hob den Kopf und sah sie aus dunklen Augen an. Er war schweißbedeckt und blutete aus zahlreichen kleinen Kratzern an der Brust.

Seine Nüstern bebten, als er die Luft einsog, um Emilys Witterung aufzunehmen. Er war gut bemuskelt und wohlgenährt, mit vollen Flanken und glänzendem Fell. Die schwarze Mähne stand in alle Richtungen ab und der dicke Schopf fiel ihm tief in die Stirn.

»Emily, sei vorsichtig«, warnte ihr Vater, als er die Autotür öffnete und ebenfalls ausstieg.

Sie trat einen Schritt auf den Rappen zu, wobei sie ihren Fuß mit einem schmatzenden Geräusch aus dem Schlamm zog, und streckte eine Hand aus. »Wollen wir wetten, du bist irgendwo abgehauen«, sagte sie sanft.

Das Pferd spitzte auch das zweite Ohr. Dann senkte es den Kopf und ließ sich von ihr streicheln.

Triumphierend grinste Emily ihren Vater an. »Er mag mich.« Sie drückte ihr Gesicht in die Mähne, atmete tief den Duft nach Stroh ein und rieb ihre Haut an dem samtweichen Fell.

Ihr Vater kicherte. »Ich denke, er mag den Milchshake auf deiner Hose.«

Emily sah an sich hinunter und begann zu lachen.

»Halt ihn bitte fest!«, ertönte da plötzlich eine Stimme hinter ihnen.

Emily spähte über ihre rechte Schulter und sah ein Mädchen ihres Alters auf einer Apfelschimmelstute.

Es trug Lederchaps, ein altes T-Shirt und einen Reithelm. Sein Pferd atmete schwer. »Halt ihn bitte fest, damit er nicht wieder weglaufen kann.« Das Mädchen nahm einen zusammengerollten Lederführzügel vom Sattel und hielt ihn Emilys Vater hin. »Könnten Sie ihr den geben? Ich will nicht dichter heran.«

Scott nahm den Zügel und reichte ihn Emily, die rasch den Karabiner in das Halfter einhakte. Sofort riss der Rappe den Kopf hoch, legte die Ohren an und fletschte die Zähne.

Emilys Vater trat einen Schritt zurück. »Pass auf, Schatz!«

Emily ruckte am Führzügel und flüsterte: »Hey, alles ist gut.«

Das Pferd warf den Kopf nach hinten, doch Emily blieb ruhig und allmählich fasste der Rappe Vertrauen zu ihr.

»Siehst du? Ich wusste, dass er sich nur aufspielt. Na los!« Langsam führte sie ihn um das Auto herum. »Wie heißt er?«, fragte sie das Mädchen.

»Blöd im Kopf.«

Emily runzelte die Stirn, während die Fremde den Führstrick entgegennahm. »Und wie heißt er wirklich?«

»Saphir, obwohl er den Namen nicht verdient hat. Er ist der reinste Horror.« Das Mädchen schnalzte mit der Zunge und wendete die Stute. Saphir tänzelte mit hoch erhobenem Schweif neben ihm her. »Danke für deine Hilfe. Ich bin schon seit über einer Stunde hinter ihm her. Manchmal macht er mich wahnsinnig!«

»Kein Problem. Er ist echt ein schöner ...« Weiter kam Emily nicht.

Das Mädchen hatte seine Stute angaloppieren lassen und jagte mit donnerndem Hufschlag davon.

Mit offenem Mund schaute Emily ihnen hinterher. »Hast du das gesehen!«, sagte sie zu ihrem Vater. Mit Bolero trainierte sie ausschließlich im Dressurviereck. Sie wagte es nicht einmal, davon zu träumen, mit ihm über eine Wiese zu galoppieren! Es sah ... aufregend aus.

Natürlich war Bolero viel zu wertvoll, um mit ihm ins Gelände zu gehen. Aber trotzdem wollte sie es wenigstens einmal tun ... auf einem anderen Pferd ... »Du ... ähm ... meinst du, Tante Debby lässt mich auf einem ihrer Pferde reiten ... draußen?« Emily konnte ihren Dressurausbilder Les Martin beinahe hören, wie er ihr predigte, dass sich ein Dressurreiter durch den leichten Sitz im Gelände schnell nicht wiedergutzumachende Angewohnheiten aneignete. Augenblicklich stellte sich ein schlechtes Gewissen bei Emily ein.

Als ihr Vater nicht antwortete, sah sie zu ihm und bemerkte, dass er die Umgebung mit einem eigentümlichen Blick betrachtete. Als wäre er traurig und froh zugleich – und beinahe ein bisschen ängstlich.

Emily trat von einem Fuß auf den anderen und wusste nicht, was sie sagen sollte. Sie hatte Scott noch nie so nachdenklich gesehen. Sie schluckte nervös. »Dad? Alles okay?«

Er blickte zu ihr. Dann lächelte er, schlang ihr den Arm um die Schultern und drückte sie an sich. Sofort fühlte sie sich besser. »Ja«, sagte er. »Debby hat sicher nichts dagegen, ihr gehören schließlich diese Ländereien.«

Emily sah ihn überrascht an. »Die ganzen Ländereien hier?« Sie betrachtete die Landschaft, die sich vor ihr ausbreitete, mit neuem Interesse. Sanft geschwungene Hügel, bedeckt mit kräftigem Grün von saftigen Wiesen. Das Gras duftete frisch und die Luft roch klar und sauber! Es war unglaublich. Als ob man tagelang geradeaus reiten könnte, ohne jemandem zu begegnen.

Außer dem Gesang der Vögel und dem Rascheln des Grases im Wind war nichts zu hören. Hier sollten Pferde leben. Es fühlte sich ... richtig an. »Ich bin jetzt im Land der Pferde, oder?«

»Jepp.« Scott zerzauste ihr Haar. »Und es könnte gut sein, dass das eben deine Cousine Alison war. Sie müsste jetzt vierzehn sein, ein Jahr älter als du.«

Emily quietschte vor Aufregung. »Ehrlich?! Wir sind schon so nah an der Farm?«

»Wir sind noch ungefähr fünf Meilen davon entfernt.«

Emily starrte ihn ungläubig an. »Wow! So riesig ist das Gelände.« Kaum vorzustellen, dass ihr spießiger, Anzug tragender Vater in diesem Pferdeparadies aufgewachsen war! »Warum sind wir noch nie hier gewesen?«

Sein Lächeln verschwand. Sanft strich er ihr mit der Hand über das Haar. »Das ist eine lange Geschichte. Aber jetzt sind wir ja da, nicht wahr?«

Seine traurige Miene schnürte Emily die Kehle zu. Schnell wechselte sie das Thema. »Wie viele Pferde leben auf der Ranch?«

Ein Glitzern stahl sich in die Augen ihres Vaters und ließ sie erleichtert aufatmen. »Ich weiß es nicht genau«, sagte er, »aber sie haben so etwa fünfzig Boxen.«

»*Fünfzig*? Lass uns weiterfahren!« Emily wand sich aus der Umarmung ihres Vaters, rannte um das Auto herum und sprang auf den Beifahrersitz. »Na los!«

Scott kicherte und glitt hinter das Steuer. »Aber denk dran, das ist nicht wie in deinem Stall zu Hause. Diese Pferde haben keine Spitzenabstammung wie Bolero. Und Tante Debby ist auch nicht wie dein Reitlehrer. Sie ist … härter als Les.« Er ließ den Motor an. »Das hier ist eine andere Welt.«

»Pferde sind Pferde«, murmelte Emily. Sie beugte sich vor in der Hoffnung, noch einen Blick auf Saphir erhaschen zu können. »Dieser Ort ist wirklich etwas ganz Besonderes.«

Scott warf ihr einen Blick von der Seite zu. »Die Ranch ist in der Tat etwas ganz Besonderes, aber nicht vergleichbar mit deinem Stall, nicht einmal annähernd vergleichbar!«

Irgendetwas in seinem Tonfall machte Emily misstrauisch. Sie schaute ihren Vater an und fragte: »Was meinst du?«

Er zögerte und klopfte ihr dann auf den Oberschenkel. »Du wirst schon sehen.«

Bevor Emily nachhaken konnte, was genau er meinte, bog der Wagen in eine lange Auffahrt ein, und ihr Blick fiel auf eine verwitterte Holztafel am Straßenrand. Emily musste zweimal hinschauen, ehe sie die verblassten Buchstaben darauf lesen konnte: *Wild Horse Ranch.*

Sie setzte sich gerade hin und hielt die Luft an. Sie waren da.

Kapitel 2

Emily umklammerte das Medaillon mit dem Bild von Bolero, als der Wagen durch ein großes Schlagloch rumpelte und mit dem Bodenblech an der Erde entlangschrammte. Ihr Herz pochte aufgeregt. Eine Farm mit fünfzig Pferden? Sie konnte es kaum erwarten!

Dann kamen sie um eine Kurve und sie runzelte die Stirn. »Das ist es?« Der Weidezaun neben der Straße war halb zusammengebrochen und mit Stacheldraht geflickt. Zwei Schimmel standen in der Nähe der Straße und schauten gelangweilt zu ihnen herüber, wobei sie ab und an träge mit den Schweifen wedelten, um lästige Fliegen zu vertreiben. Der Rücken des einen war mit Wunden bedeckt, auf die eine weiße Salbe gestrichen worden war. Die beiden Pferde wirkten so elend, dass Emily am liebsten aus dem Auto gesprungen wäre und sie umarmt hätte. »Was ist los mit denen?

Sie sehen schrecklich aus.« Ganz und gar nicht wie Saphir, dachte sie. Oder wie Bolero, der es liebte, mit hoch erhobenem Haupt über die grüne Weide zu galoppieren, wobei sein Fell im Sonnenlicht glänzte.

Ihr Vater schüttelte den Kopf. »Denk dran, dies ist ein Pferdeasyl. Manche Tiere kommen hier in ziemlich schlechter Verfassung an. Debby pflegt sie gesund oder korrigiert ihre Verhaltensprobleme, sodass sie ein gutes Leben in einem neuen Zuhause führen können.«

»Die Armen.« Emilys Atem ließ die Scheibe beschlagen, als sie sich mit der Stirn dagegenlehnte. »Und was ist mit Saphir? Der sah doch gut aus.«

»Dann wird er wohl bald den Besitzer wechseln.«

Emily presste die Lippen aufeinander. Der Gedanke daran, dass Saphir verkauft werden würde, stimmte sie traurig. »Wirklich?«

Ihr Vater blickte sie überrascht an. »Hey, du kennst Saphir doch gar nicht!«

»Ich weiß, aber ...« Sie runzelte die Stirn, als ihr klar wurde, dass ihr Vater recht hatte. Sie hatte schließlich Bolero, was ging sie Saphir an! Bolero war perfekt. Er fraß ausschließlich Müsli und Quetschhafer und erstklassiges Luzerneheu. Und er lehnte es ab, Wasser zu saufen, das nicht dreimal täglich gewechselt wurde. Er war genau so, wie es sich für ein Pferd seines Kalibers gehörte. Darum liebte sie ihn, weil er perfekt war.

Saphir war ... na ja ... Sie kicherte. Er war lustig. Und es war zu süß gewesen, wie er ihr das Hosenbein abgeleckt hatte. Und er war schön, mindestens genauso schön wie Bolero. Aber auch ein Unruhestifter, darauf würde sie wetten. Trotzdem wusste sie, dass es Spaß machen würde, ihn zu reiten, weil er etwas Wildes an sich hatte, das nichts mit ihrem Dressurtraining zu tun hatte. Nicht, dass ihr die harte Arbeit im Viereck etwas ausmachte oder sie das Reiten nicht ernst nahm, doch Saphir hatte dieses Funkeln in seinem Blick, das sie tief in ihrem Inneren berührte.

»Was ist denn?«, fragte ihr Vater.

»Ach, nichts.« Emily reckte den Hals und hielt Ausschau nach einem Stall oder einem Gebäude, aber alles, was sie sah, waren Kiefern. »Ist das Haus groß?«

»Schau selbst«, sagte ihr Vater.

Sie fuhren durch eine weitere Kurve und Emily hielt den Atem an. Die Ranch war riesig, zwanzig Mal größer als ihr Haus in New Jersey. Es hatte seine besten Jahre allerdings hinter sich. Die Farbe war von den Wänden abgeblättert, die Fenster wirkten marode und das Vordach hatte bereits Moos angesetzt.

»Es ist … ähm … verfallen.« Ihr Haus in New Jersey war brandneu, in einer Nachbarschaft von identischen Häusern mit perfekten Vorgärten und makellosen Fassaden. »Aber es hat Charakter, denke ich.«

»Mach dir keine Sorgen. Das hält mindestens noch mal zweihundert Jahre.« Ihr Vater hupte und bremste, als ein Schimmel mit tiefem Senkrücken gemächlich ihren Weg kreuzte. Er war so alt, dass er schon komplett weiß war. Doch in seinen Augen stand eine Arroganz, die ihn jünger wirken ließ. Er musterte das Auto lange und machte keine Anstalten, zur Seite zu gehen.

Emilys Vater grinste und beugte sich über das Lenkrad, um das Pferd zu betrachten. »Das ist Max. Er war Pas bester Freund. Er durfte sich immer schon frei auf der Farm bewegen. Macht, was er will. Ich hatte ihn ganz vergessen.«

»Ehrlich, er darf überall herumlaufen?« Emily wurde ganz aufgeregt. »Das ist ja cool!«

In diesem Moment schwang die Haustür auf und die Fliegengittertür fiel krachend zurück in den Rahmen. Emilys Blick wanderte zu einer Frau in Jeans, einem ausgeblichenen T-Shirt und Gummistiefeln, die winkend auf sie zukam. »Scott! Willkommen!«

Ihr Vater wirkte mit einem Mal angespannt. Er starrte die Frau an, als hätte er sie noch nie zuvor gesehen.

»Dad?«, fragte Emily.

»Yeah.« Er atmete tief durch und schließlich zeigte sich ein schwaches Lächeln auf seinem Gesicht. »Das ist deine Tante Debby. Kaum zu glauben, wie lange unser letztes Treffen her ist.« Er öffnete die Autotür, stieg aus und lief seiner Schwester entgegen. »Deb!« Nach einem kurzen Zögern nahm er sie fest in die Arme. »Es tut mir so leid wegen Pa«, sagte er. »Ich wollte, ich wäre bei ihm gewesen.«

Tante Debby erwiderte die Umarmung mit Tränen in den Augen.

Emily stutzte. Sie war immer davon ausgegangen, dass ihr Vater seiner Familie nicht sehr nahe stand. Und dass das der Grund dafür gewesen war, dass sie sie nie besucht hatten.

Emily öffnete die Autotür und Scott und Tante Debby wandten sich ihr zu.

Ihre Tante hatte ihr braunes Haar zu einem Pferdeschwanz zurückgebunden. Um ihren Mund und ihre Augen zogen sich kleine Lachfältchen. »Emily, endlich lerne ich dich kennen!«

»Und ich dich …«, murmelte Emily in das T-Shirt ihrer Tante, als diese die Arme um sie schlang.

Dann machte Debby einen Schritt zurück und tätschelte Emilys Wange. »Du siehst wie deine Mutter aus. Dieselbe Nase.«

Emilys Augenbrauen schossen in die Höhe. Unwillkürlich fasste sie sich an die Nase. Sie konnte sich nicht an ihre Mutter erinnern. Als sie starb, war sie gerade mal zwei Jahre alt gewesen. Ein mulmiges Gefühl machte sich in ihrer Magengegend breit. Noch nie war sie jemandem begegnet, der ihre Mutter gekannt hatte. Und auf einmal wollte sie nur noch weg. »Tja, ähm, wo ist denn der Stall?«

Tante Debby lachte, ein tiefes, kehliges Lachen.

»Natürlich willst du den Stall sehen. Scott hat mir schon erzählt, was für ein Pferdenarr du bist.« Sie zeigte nach rechts. »Ums Haus herum und immer geradeaus. Deine Cousinen und dein Cousin müssten sich dort auch irgendwo herumtreiben. Viel Spaß!«

»Ah, okay, danke!« Emily schaute ihren Vater an. »Ist es in Ordnung, wenn ich mich mal ein bisschen umsehe?«

Er nickte. »Aber sei bitte in einer Viertelstunde zurück und hilf mir beim Auspacken.«

»Klar.« Sie wirbelte herum und rannte los. Ihre Turnschuhe knirschten auf dem Kies der Einfahrt. Als sie um die Hausecke kam, sah sie zum ersten Mal den Stall – und blieb wie angewurzelt stehen.

Kapitel 3

Wie alles auf der Farm war auch der Stall grau und alt und damit das genaue Gegenteil von Emilys Reithalle zu Hause.

Vor dem Gebäude parkte ein großer Pferdtransporter. *Wild Horse Ranch* stand in dunkelgrünen Lettern darauf. Die Schrift hatte dieselbe Farbe wie das Grün der Kiefern, die hoch über den Stallungen aufragten. Es gab Paddocks auf beiden Seiten, auf denen Pferde standen und grasten. Ein dunkelbrauner Wallach mit einer Laterne im Gesicht schnaubte leise und schlug mit dem Schweif nach Insekten.

Emily ging das Herz auf, als ihr der Duft von frisch gemähtem Heu in die Nase stieg. Irgendwo hier musste Saphir sein, dachte sie.

Sie betrat den Stall und wartete einen Moment, bis sich ihre Augen an das Dämmerlicht gewöhnt hatten.

Sie atmete tief ein und mit einem Mal war das komische Gefühl in der Magengegend verschwunden.

Auf der Suche nach Saphir schlenderte Emily den Stallgang hinunter. Neugierig streckten ein paar Pferde ihre Köpfe rechts und links über die Boxentüren. Ein hübscher Schimmel wieherte ihr zur Begrüßung entgegen. An der Hüfte und am Bauch hatte er eine riesige Narbe.

Emily wurde bewusst, dass das, was Tante Debby tat, wirklich toll war. Sie rettete Pferde.

Auf Höhe der Sattelkammer hörte sie plötzlich Stimmen. Ein paar Kids waren dabei, das Sattelzeug zu putzen. Emily musste grinsen, als sie daran dachte, wie viele Stunden sie schon damit zugebracht hatte.

Ohne Saphir entdeckt zu haben, erreichte sie schließlich das Ende des Ganges. Durch eine schwere Tür, die von einer ramponierten Schubkarre offen gehalten wurde, verließ sie den Stall. Von rechts erklang Hufgetrappel. Ein Reitplatz! Hier waren bunt angemalte Hindernisse aufgebaut, und das Mädchen, das sie vorhin auf der Straße getroffen hatte, ritt mit seiner Schimmelstute über den Parcours.

Vielleicht wusste es, wo Saphir war. Beim Näherkommen fiel Emily auf, dass sich das Mädchen nicht im Geringsten um einen korrekten Sitz kümmerte. Emily hingegen verbrachte Stunden damit, sich genau mit dieser Sache zu befassen. Es kam vor, dass sie eine Lektion über nur am Schritt ihres Pferdes arbeitete, weil selbst dabei jedes Detail zählte.

Die Hufe des Schimmels wirbelten Dreck auf, als er über den nächsten Sprung segelte. Er schien mit Spaß bei der Sache zu sein, und Emily war ein bisschen eifersüchtig, dass nicht sie es war, die in seinem Sattel saß … Nicht, dass sie sich etwas aus Springreiten gemacht hätte, natürlich nicht! Bei ihr drehte sich alles um Dressur …

Sie ließ ihren Blick über den Hof schweifen. Von einem Dressurviereck fehlte jede Spur. In diesem Augenblick entdeckte sie einen ungefähr zehnjährigen Jungen. Gemächlich kam er auf sie zugeschlendert.

Er sah zu ihr auf, das leuchtend rote Haar vollkommen zerzaust und das Gesicht sonnengebräunt. »Bist du meine Cousine Emily?«, fragte er.

Sie nickte. »Und wie heißt du?« Ihr Vater hatte den Namen bestimmt mal erwähnt, aber sie hatte ihn wieder vergessen.

»Kyle.« Er hielt eine Wasserpistole in der Hand und grinste sie schief an. »Schicke Klamotten.«

Emily sah an ihrem Top und den neuen Jeans hinunter. »Danke, hab ich extra für die Reise bekommen … Hey!«

Ihre Brust wurde von einem Wasserstrahl getroffen und Kyle brach in schallendes Gelächter aus. Dann sprang er auf und lief davon.

»Ignorier ihn, der ist immer so«, sagte plötzlich eine Stimme hinter ihr.

Überrascht drehte sich Emily um. Am Zaun des Reitplatzes hatte das Mädchen seinen Schimmel durchpariert.

»Ich bin Alison. Und du musst Emily sein.«

Emily richtete sich auf und nickte. Ihre Cousine hatte eine kleine, gerade Nase, perfekt geschwungene Lippen und großartige grüne Augen. Wow, ist die hübsch!, dachte sie.

»Ich habe gehört, du bist auch ein richtiger Pferdenarr«, sagte Alison lächelnd.

»Ich reite Dressur«, erwiderte Emily schnell.

»Aha«, machte Alison, als wäre das etwas total Langweiliges.

»Dressur ist unglaublich schwierig. Sie ist … ist … Ballett für Pferde.«

»Ja klar.«

Emily begann, sich zu ärgern. Ganz offensichtlich hatte Alison nicht viel für Dressur übrig.

Eine unangenehme Stille breitete sich zwischen ihnen aus.

»Mom meinte, du könntest uns bei den Pferden helfen«, brach Alison schließlich das Schweigen.

»Na klar«, sagte Emily schnell.

»Klasse.« Alison nahm die Zügel auf. »Dann bis später, denk ich mal. Ich reite jetzt zum Abkühlen in den Fluss.« Alison wendete die Stute ab.

»Warte!«, rief Emily. »Wo ist eigentlich Saphir? Ich wollte ihm einen kurzen Besuch abstatten.«

»Letzte Box im Südgang. Aber pass gut auf. Mom ist mit ihm übervorsichtig, sie setzt große Hoffnungen in ihn.« Alison ließ den Schimmel antraben und jagte davon.

Dreck wirbelte auf und Emily blieb in einer Wolke aus Staub zurück. Voller Neid starrte sie ihrer Cousine hinterher, als sie zwischen den Bäumen verschwand.

»Das ist alles so anders als zu Hause!«, murmelte sie leise vor sich hin.

»Und wo ist dein Zuhause?«

Überrascht fuhr Emily herum und sah ein kleines Mädchen vor sich, das auf einem Heuhalm herumkaute. Es war etwa sieben, trug dreckige, abgeschnittene Jeans und ein fleckiges T-Shirt. Emily musste lächeln. »New Jersey.«

»Warum ist das dein Zuhause?«

»Weil alle meine Freunde dort wohnen.«

»Oh.« Das Mädchen dachte einen Moment lang über Emilys Worte nach. »Du kannst meine Freundinnen kennenlernen«, sagte es dann. »Sie sind nett.«

Emily musste lachen und ihre Anspannung ließ etwas nach. »Ja, danke, das ist lieb von dir.«

»Meine Freundin Tanja und ich bauen uns gerade eine Höhle in der Scheune. Ich wollte nur eben ein paar Pferdedecken holen, auf denen wir sitzen können. Willst du mitkommen?«

Emily blickte zum Stall. »Ich kann jetzt gerade nicht. Aber ein andermal gern.«

Das Mädchen nickte.

»Wie heißt du eigentlich?«, wollte Emily wissen.

»Kathleen, und du?«

»Ich bin Emily.«

»Meine Cousine Emily?«, fragte Kathleen.

»Richtig.«

»Dann wohnst du ja bei uns?«

»Für ein paar Tage.«

»Mommy hofft, dass ihr nicht wieder weggeht. Dass ihr für immer bleibt.«

»Für immer? Wir sind nur zum Begräbnis …« Emily runzelte die Stirn. Hatte ihr Vater ihr womöglich etwas verschwiegen … Klar, es war sicher toll, auf einer Pferdefarm zu leben, aber es war nicht ihr Zuhause. Sie wollte nicht hierbleiben. Natürlich würde Scott so eine Entscheidung nicht über ihren Kopf hinweg treffen, oder doch? Was, wenn ihm die Ranch so sehr gefehlt hatte, dass er nicht nach New Jersey zurückwollte?

»Na dann, bis später«, riss Kathleen sie aus den Gedanken und stürmte davon.

Emily wandte sich dem Stall zu. Dann hielt sie inne. Sie hatte keine Ahnung, wo der Südgang lag.

Instinktiv beschloss sie, nach rechts zu gehen – und fand Saphir schließlich in der letzten Box.

Er döste in seinem Stall mit hängendem Kopf, das rechte Hinterbein angewinkelt. Auf seinem Rücken lag eine zerlöcherte Abschwitzdecke aus Fleece, die einmal königsblau gewesen sein musste, jetzt aber schmutziggrau aussah. Trotzdem wirkte er majestätisch mit seiner breiten Brust und dem muskelbepackten Hals.

»Saphir!«

Er riss den Kopf hoch und wandte sich ihr zu. Seine schokoladenbraunen Augen leuchteten selbst im Halbdunkel des Stalls.

»Ich bin's, Emily!«

Seine Ohren schnellten nach vorn und dann wieherte er leise zur Begrüßung.

Emily musste lächeln und wusste: Alles würde gut werden.

Kapitel 4

Saphir kam langsam zur Tür, als Emily den Riegel aufschob und die Box betrat. Sofort senkte er den Kopf und schnupperte auf der Suche nach Milchshake-Überresten an ihren Jeans.

»Saphir.« Seufzend schlang Emily die Arme um den Hals des Rappen und drückte ihr Gesicht in seine Mähne. Sie duftete angenehm nach Sägespänen. Noch einmal seufzte Emily zufrieden.

Saphir wieherte und begann, am Saum ihres T-Shirts zu knabbern. Sie streichelte seinen Kopf, dann öffnete sie die Brustschnalle der Decke. Sie kicherte, als er mit dem Maul über ihren Oberschenkel fuhr. »Sorry, von der Eiscreme ist nichts mehr übrig.« Sie kraulte seinen Hals und bemerkte getrockneten Schweiß unter den Fingernägeln. »Du müsstest mal geputzt werden, Süßer, was! Warte, ich bin gleich wieder da!«

Sie trat aus der Box, verriegelte sie und schnappte sich aus der Putzbox, die im Gang stand, eine Kardätsche und einen Gummistriegel.

Als sie zurück in die Box schlüpfte, rieb Saphir den Kopf an ihrem Bauch. »Hey, hab ich dir gefehlt?«

Sie nahm ihm die Decke ab, warf sie über die Tür und begann, ihn zu striegeln. Mit gespitzten Ohren beobachtete Saphir sie. »Ich bin übrigens hier, weil mein Großvater gestorben ist«, plapperte Emily drauflos. »Daddy sagt, er wäre cool gewesen, aber ich habe ihn nie kennengelernt. Er war Tierarzt, genauso wie mein Onkel.«

Saphir schlug mit dem Schweif, als sie seinen Rumpf zu bearbeiten begann. Seine Muskeln strotzten unter dem Fell.

Kichernd fing Emily seinen Schweif ein. »Schlag mir damit ja nicht ins Gesicht, mein Freund!« Sie zupfte die Sägespäne aus den Haaren und grinste, als sie spürte, dass er versuchte, den Schweif freizubekommen.

Schließlich begann er zu tänzeln und drängte sie an die Boxenwand.

Dann drehte er ihr wieder den Kopf zu und sah sie mit leuchtenden Augen und gespitzten Ohren an, als würde er sich über sie lustig machen.

»Weißt du, Bolero steht immer mucksmäuschenstill, wenn ich ihn putze«, sagte sie. »Aber ich muss zugeben, das hier ist lustiger.«

Kaum hatte sie die Worte ausgesprochen, schlug Saphir so kräftig mit dem Schweif, dass er ihr aus den Händen glitt und ins Gesicht klatschte.

Kaum hatte sich Emily von dem Schreck erholt, drehte Saphir sich um, senkte den Kopf und gab ihr einen Schubs, sodass sie ins Stolpern geriet und auf dem Hintern landete. Vorsichtig kam er näher und schnüffelte an Emilys Haar.

Sie musste wieder grinsen. »Nächstes Mal bringe ich was zum Naschen mit. Vielleicht ein paar Brownies? Würde dir das gefallen?«

»Emily?« Ein ungläubiger Tonfall schwang in der Stimme ihrer Tante mit, als sie vor der Boxentür erschien.

»Oh, hallo.« Emily rappelte sich auf. »Ich habe ihn gerade ein bisschen übergeputzt. Er war ganz verschwitzt. Ich hoffe, das ist okay?«

Tante Debby sah verärgert aus. »Eigentlich ist das nicht in Ordnung. Ich arbeite gerade hart an seinen Stallmanieren. Er muss links und rechts angebunden werden beim Putzen. Ihn dazu zu ermutigen, einen umzuschubsen, ist wenig hilfreich für meine Erziehung.«

Emily spürte, wie ihre Wangen zu glühen begannen. »Tut mir leid. Ich wollte mich nur nützlich machen.«

Emilys Vater trat in diesem Moment hinter seine Schwester. Er hatte seine braune Anzughose und die polierten Halbschuhe gegen ein Paar ausgeblichene Jeans und Stiefel getauscht. Emily riss überrascht die Augen auf. Sie hatte nicht gewusst, dass ihr Vater solche Klamotten besaß!

»Sei nicht so streng, Deb«, sagte er. »Sie konnte das ja nicht wissen. Es war doch lieb von ihr, ihn zu putzen, ohne dazu aufgefordert worden zu sein.«

Tante Debby runzelte die Stirn und nickte. »Du hast recht. Emily, danke für deine Hilfe.«

Saphir legte den Kopf auf Emilys Schulter und schnaubte.

»Kein Problem, beim nächsten Mal binde ich ihn an, versprochen.« Emily streckte den Arm aus und streichelte Saphirs Hals.

»Ich habe dich gesucht, Kleine«, sagte ihr Vater. »Ich muss noch mal kurz in die Stadt, was besorgen. Und da dachte ich, du kommst mit und ich zeige dir ein bisschen mehr von der Gegend.«

Emily seufzte. »Na gut.« Sie konnte sich nur schwer von Saphir trennen. »Aber ich muss ihm noch eben die Decke auflegen und …«

»Ich kümmere mich darum«, fiel Tante Debby ihr ins Wort.

Emily biss sich auf die Lippe, als Debby in die Box trat. »Darf ich ihn vielleicht mal reiten?«, wagte sie dann zu fragen.

Ihre Tante musterte sie abschätzend. »Weißt du was? Ich gebe dir morgen früh eine Reitstunde und danach sehen wir weiter. Ist das ein Deal?«

»Echt? Das wäre toll!« Emily klatschte vor Freude in die Hände. »Wann denn morgen?«

»Um acht.«

»Um acht?« Emily schluckte. Sie sollte in den Ferien so früh aufstehen?

»Am Nachmittag ist die Beerdigung.«

Ach ja, richtig, schoss es Emily durch den Kopf. »Um acht ist okay«, sagte sie schnell.

Tante Debby nickte. »Ich muss noch überlegen, auf wem ich dich reiten lasse. Bevor du morgen auf den Platz kommst, schau doch schnell auf dem Schwarzen Brett in der Sattelkammer nach, wen ich dir zugeteilt habe.«

»Was ist denn mit Saphir?«, fragte Emily.

Tante Debby schüttelte den Kopf. »Bevor ich nicht weiß, ob du in der Lage dazu bist, ihn zu reiten, bleibt er im Stall.«

»Aber …«

Scott fasste Emily am Arm. »Komm schon, Em. Wir müssen jetzt wirklich los, die Geschäfte schließen in einer halben Stunde.«

»Bis dann.« Emily drückte Saphir einen Kuss auf die Blesse, wirbelte herum und folgte ihrem Vater.

Er tätschelte ihre Schulter, als sie die Stallgasse hinuntergingen. »Sieht so aus, als wäre Bolero Geschichte, was?«

»Wie kommst du denn darauf?« Emily drehte sich noch einmal um und warf Saphir einen sehnsüchtigen Blick zu. »Ich würde ihn so gerne reiten, Dad.«

Ihr Vater wuschelte ihr durchs Haar. »Was die Pferde betrifft, nimmt es Tante Debby sehr genau. Du wirst beweisen müssen, was du kannst.«

»Das werde ich.« Emily ballte die Hände zu Fäusten. Alles würde von der Reitstunde morgen abhängen. Sie musste alles geben!

Kapitel 5

Emily war schwindelig vor Aufregung, als sie am nächsten Morgen die Sattelkammer betrat. Sie war früh aufgestanden, um ihre Gummireitstiefel zu putzen. Das tat sie eigentlich nie, denn normalerweise trug sie diese nur bei der Stallarbeit. Und sie hatte sich die Zeit genommen, ihr Haar zu flechten wie bei einem Turnier, sodass keine Strähne unter dem Helm hervorschaute. Tante Debby sollte sehen, dass es ihr ernst war, wenn es ums Reiten ging.

Sie schaute aufs Schwarze Brett. Deb hatte ihr ein Pferd namens Moondance zugeteilt. Als sie ihren Namen unter dem des Pferdes las, wurde ihr mit einem Mal ganz flau im Magen. Nun war der Augenblick gekommen, sich zu beweisen.

Emily fand schnell die richtige Trense und den dazu passenden Sattel. Sie biss sich auf die Unterlippe. Bei dem Gedanken daran, was wäre, wenn sie ihre Sache heute verpatzte, wurde ihr ganz schlecht.

Nein. Das würde nicht passieren. Alles würde gut gehen.

Auf dem Weg durch den Stall lief sie kurz bei Saphir vorbei, um ihm ein Leckerli zuzustecken und ihn kurz zu knuddeln. Dann ging sie zu Moondances Box. Bevor sie sie betrat, hievte sie den Sattel auf den ausklappbaren Sattelbock.

Eine schneeweiße Schimmelstute döste in der mit frischem Stroh eingestreuten Box.

»Guten Morgen, ich bin Emily!«

Moondance hob den Kopf, um den Neuankömmling in Augenschein zu nehmen, und senkte ihn dann sofort wieder.

Emily grinste. »Jaja, an manchem Morgen würde ich auch am liebsten im Bett bleiben. Aber wir werden Spaß haben, glaub mir.«

Moondance wirkte nicht besonders beeindruckt, als Emily einen Gummistriegel zur Hand nahm und die Dungflecken auf ihrer Hüfte zu bearbeiten begann. Nachdem Emily zehn Minuten lang auf derselben Stelle herumgerubbelt hatte, gab sie auf. »Meine Schöne, du bräuchtest ein Bad. Schimmel lassen sich unmöglich sauber halten.« Sie zog Moondance sanft am Ohr. »Vor allem, wenn sie sich nachts im Mist wälzen.«

Die Stute hob die Oberlippe und flehmte, und Emily musste lachen, weil es so komisch aussah. »Ah, ich verstehe schon, du schämst dich deshalb.«

Emily griff nach dem Hufkratzer, ließ die Hand an Moondances Bein hinabgleiten und lehnte sich mit der Schulter an die Vorhand. Gehorsam hob der Schimmel das Bein. Während Emily den Hufstrahl säuberte und dabei achtgab, nicht die empfindliche mittlere Strahlfurche zu verletzen, dachte sie über das Turnier in Norfolk nach. Würde Jenny Smith, ein anderes Mädchen aus dem Stall, Bolero reiten? Emily konnte Jenny nicht ausstehen, da diese jede Gelegenheit nutzte, ihr den schönen Rappen abspenstig zu machen.

Moondance schnaubte und gab Emily einen Stups.

»Du hast recht«, lachte Emily, »eigentlich kann mir das egal sein.« Sie sollte sich lieber auf das Hier und Jetzt konzentrieren.

Emily nahm das Zaumzeug und trenste die Stute auf.

Vielmehr – sie versuchte es.

In dem Augenblick, als sich das Trensengebiss Moondances Zähnen näherte, riss die Stute den Kopf hoch und richtete ihre Nase zur Decke, sodass Emily überhaupt nicht mehr daran kam. Als Emily die Trense sinken ließ, nahm Moondance den Kopf wieder herunter und tat so, als wäre alles in bester Ordnung.

»Du willst also Schwierigkeiten machen, was?« Emily schlang der Stute von unten den Arm um den Kopf, bevor sie die Trense mit der anderen Hand an deren Maul führte … Moondance wand sich jedoch aus Emilys Griff und riss den Kopf abermals in die Höhe.

Emily stöhnte frustriert auf und ließ die Hände sinken. »Okay, du legst es drauf an.« Sie dachte angestrengt nach. »Das ist sicher ein Test von Tante Debby, nicht wahr?«

Moondance schüttelte den Kopf, drehte sich um und begann, Heu zu fressen.

»Wenn du meinst, ich würde aufgeben, irrst du dich gewaltig.«

Emily spähte in den Stallgang und entdeckte einen großen Plastikeimer. Er war leer, über einen halben Meter tief und perfekt für ihre Zwecke geeignet. Emily brachte ihn in Moondances Box und stellte ihn mit der Öffnung nach unten ins Stroh.

Die Stute senkte den Kopf, um daran zu schnuppern, während Emily sich zum dritten Mal die Trense schnappte und damit auf den Bottich kletterte, sodass sie über Moondances Rücken aufragte.

»Jetzt sollte es klappen.«

Sie legte den rechten Arm von unten um Moondances Kopf, brachte die Trense in Position und hielt der Stute das Gebiss vors Maul. Als Moondance abermals den Kopf zur Decke drehte, folgte Emily der Bewegung. Dann steckte sie der Stute zwei Finger in die Lücke zwischen Schneide- und Mahlzähnen und zwang sie so, das Maul zu öffnen. Jetzt konnte sie die Trense hineinschieben.

Grinsend zog Emily das Kopfstück über die Ohren. »Siehst du, war doch gar nicht schlimm!«

Nachdem die Trense erst einmal fest im Genick saß, schnaubte Moondance und senkte den Kopf. Emily klopfte den Hals der Schimmelstute und sprang vom Bottich, um Nasen- und Kehlriemen zu verschnallen.

»Nicht, dass das jedes Mal so ein Theater gibt, wenn ich dich reiten soll«, flüsterte sie Moondance ins Ohr.

Diese schnaubte und stampfte mit dem Hinterbein auf.

Emily stellte den Bottich zurück in die Stallgasse, legte Moondance den Sattel auf, zog den Gurt an und eilte mit klopfendem Herzen zum Reitplatz. Sie konnte es nicht erwarten, Tante Debby zu beweisen, dass sie eine gute Reiterin war.

Emily brauchte ein paar Minuten, um sich an den Springsattel zu gewöhnen. Im Gegensatz zu dem glatt geschnittenen Dressursattel war er ziemlich wulstig. Sie hätte am liebsten die Kniepolster herausgenommen, was natürlich nicht ging, weil sie in das Sattelblatt eingearbeitet waren.

Moondance war größer als Bolero, und es fühlte sich ungewohnt an, auf einem Pferd mit so raumgreifenden Bewegungen zu sitzen. Außerdem lief die Stute zunächst mit hoch erhobenem Kopf und weggedrücktem Rücken – anders als Bolero, der den Kopf senkte und ans Gebiss herantrat, sobald sie den Zügel annahm, sodass seine Nase kurz vor der Senkrechten war und die Hinterhand sofort ordentlich untertrat, wie es sich für ein Dressurpferd gehörte.

Moondance aber lief unbeirrt erhobenen Hauptes weiter, sodass es Emily schwerfiel, einen guten Kontakt zum Pferdemaul herzustellen. Außerdem ließ sich die Stute, im Gegensatz zu Bolero, in den Wendungen partout nicht biegen.

Mit zusammengebissenen Zähnen ließ sie Moondance all die Lektionen absolvieren, die Les ihr beigebracht hatte, wobei sie versuchte, einen vernünftigen Schritt herauszureiten. Doch sie konnte die Stute einfach nicht dazu bewegen, den Kopf zu senken. Es war haarsträubend!

Schließlich schloss sie die Augen und konzentrierte sich darauf, nach Gefühl zu reiten, wobei sie den Schenkeldruck variierte, um Moondance vorwärtszutreiben. Dabei spielte sie gefühlvoll mit dem Zügel, damit die Stute durchlässiger wurde. Emily saß tief im Sattel ein, um jeden Schritt zu fühlen, jeden Muskel, den Moondance beim Laufen bewegte. Endlich spürte sie, dass das Pferd sich zu lösen begann, den Kopf senkte und das Gebiss annahm – nicht so schön wie Bolero, aber für seine Verhältnisse verdammt gut.

Sie öffnete die Augen und lächelte. Tante Debby würde wissen, wie schwer sich Moondance ans Gebiss stellen ließ!

Emily ritt die Schimmelstute in einem korrekten, fleißigen und ausbalancierten Schritt über den Platz, als Tante Debby auftauchte. Emily überprüfte ihren Sitz, um sicherzugehen, dass ihre Absätze tief und die Hände korrekt aufgestellt waren.

»Deine Steigbügel sind zu lang, zum Springen brauchst du kürzere.«

Emily blinzelte. »Was?«

Tante Debby schlüpfte zwischen den Koppelstangen hindurch und stellte sich Moondance in den Weg.

Emily parierte hastig durch. Augenblicklich verlor die Stute die Anlehnung und machte Emilys Arbeit der letzten zwanzig Minuten zunichte!

Tante Debby schien das gar nicht zu bemerken, während sie die Steigbügel kürzte. Dann tätschelte sie Emilys Knie und fragte: »Bist du fertig mit Abreiten?«

Emily versuchte, sich an die kurzen Steigbügel zu gewöhnen. Wie konnte sie tief genug im Sattel einsitzen, wenn ihr die Knie bis zu den Ohren reichten? Sie stellte sich probeweise in den Steigbügeln auf und drückte die Absätze nach unten, um ihr Gleichgewicht zu finden. »Ich bin zwanzig Minuten Schritt gegangen …«

»Du bist die ganze Zeit Schritt geritten?« Tante Debby klang überrascht, und Emily hatte plötzlich das Gefühl, etwas falsch gemacht zu haben.

»Sollte ich nicht?«

Tante Debby schüttelte den Kopf. »Das ist Schwachsinn. Beim nächsten Mal sieh zu, dass du mit dem

Abreiten fertig bist, wenn ich komme, damit wir gleich anfangen können zu arbeiten.« Sie sah auf ihre Armbanduhr. »Wir haben nur fünfundvierzig Minuten. Zum Glück muss man Moondance nicht groß abreiten.«

»Ähm, okay.« Emily nahm die Zügel auf und ließ Moondance antraben. Der lange, harte Trab warf sie beinahe aus dem Sattel. Moondances Kopf war wieder oben, wodurch sich ihr Gang kaum sitzen ließ. Emily trabte leicht, wobei sie jedes Mal aufstand, wenn die äußere Schulter nach vorn ging.

Moondance ließ sich kein bisschen versammeln, daher wendete sie die Stute auf einen kleinen Zirkel ab, um sie besser in die Tiefe reiten zu können.

»Emily, lass sie vorwärtsgehen, hör auf, an den Zügeln herumzuzotteln!«, rief ihr Deb zu.

»Aber ich versuche doch nur, sie ans Gebiss …«

»Das ist keine Dressurstunde, sie muss nicht versammelt sein. Reite sie einfach nur ab.«

»Wirklich?«

»Wirklich. Sei weich in der Hand und lass sie sich strecken.«

»Aber ist das nicht faules Reiten? Einfach die Hände hinzusetzen?« Emily ließ die Zügel etwas lockerer.

»Du wirst schon noch genug tun. Ich will bloß nicht, dass du versuchst, ein Dressurpferd aus Moondance zu machen. Galoppier einmal an!« Tante Debby ging über den Reitplatz und baute die Hindernisse, über die Alison gestern gegangen war, etwas tiefer.

»Jetzt schon angaloppieren?«, fragte Emily.

»Ja, jetzt.«

»Na gut.« Emily schnalzte mit der Zunge und gab Moondance die Galopphilfe. Die Stute schlug widerspenstig mit dem Schweif und Emily verstärkte den inneren Schenkeldruck. Schließlich sprang Moondance in einen harten, unangenehmen Galopp, der Emily fast aus dem Sattel katapultierte, ganz anders als Boleros weicher, runder Galopp, der sich so komfortabel aussitzen ließ, dass Emily das Gefühl hatte, stundenlang auf ihm reiten zu können, ohne dass sich ihr Oberkörper groß bewegte. Emily brachte ihr ganzes Gewicht in den Sattel und drückte die Absätze dabei tief hinab, um die Stute unter sich zu bekommen und die Hinterhand zu aktivieren, damit der Gang ausbalancierter und weicher wurde.

»Hör auf, sie zusammenzuzerren«, sagte Tante Debby. »Lass sie einfach locker kantern, reite im leichten Sitz, sie soll sich entspannen.«

»Leichter Sitz, was meinst du damit?«

»Nimm den Hintern hoch und stell dich in den Steigbügeln auf wie ein Jockey.«

Als Emily Debs Anweisungen befolgte, war sie überrascht, wie leicht Moondances harter Galopp plötzlich zu reiten war. Es war irgendwie befreiend. Sie setzte die Hände links und rechts neben den Mähnenkamm, ließ die Zügel noch etwas lockerer und schnalzte mit der Zunge, damit Moondance an Tempo zulegte.

Die Stute ließ ein Ohr spielen und wurde schneller. Emily grinste, als ihr der Wind ins Gesicht fuhr. Das war toll!

Sie wechselte durch die ganze Bahn, parierte in der Mitte kurz zum Trab durch und ließ die Stute dann auf der anderen Hand anspringen, damit sie ausbalanciert blieb. Auf einmal machte ihr die Reitstunde Spaß.

Dann forderte ihre Tante sie dazu auf, wieder Schritt zu gehen. Sie gab ein paar halbe Paraden und musste grinsen, als Moondance noch einen kleinen Hopser einbaute, bevor sie die Stute durchparieren konnte. »Sie geht gern schnell«, stellte Emily fest.

»Ich trainiere sie für Springprüfungen«, erklärte Tante Debby. »Im Wettkampf läuft sie gegen die Uhr. Sie ist es gewohnt, schnell zu gehen.«

»Oh, das ist cool! Darf ich auch mal gegen die Uhr reiten?« Das klang nach jeder Menge Spaß.

»Klar, wenn du so weit bist.« Tante Debby deutete auf ein Hindernis, das aus rot-weißen Stangen, die zu einem X aufgestellt waren, bestand. In der Mitte war es höchstens dreißig Zentimeter hoch – gar nichts gegen die Sprünge, über die Alison geritten war.

»So, antraben, dann schön im leichten Sitz bleiben und aus dem Trab springen.«

Emilys Magen krampfte sich vor Aufregung zusammen. Es war Zeit zum Springen!

Kapitel 6

Emily biss sich auf die Unterlippe, ihr Herz begann zu pochen. Sie war noch niemals gesprungen. »Du kannst ruhig höher bauen, wenn du willst«, sagte sie kühn. »So, wie für Alison.«

Ein Lächeln huschte über Tante Debbys Gesicht. »Lass uns mit dem Stangenkreuz anfangen und dann sehen wir weiter.«

»Okay.« Emily begann zu schwitzen, als sie die Zügel aufnahm und antrabte. Sie sah zum Sprung und taxierte den Weg dorthin. Sie ritt einen großen Bogen, damit Moondance nicht schräg herankam.

Währenddessen gab Tante Debby ihr weitere Anweisungen. »Fass am Sprung die Mähne, das hilft dir dabei, dich auszubalancieren.«

In die Mähne fassen? Wie eine Anfängerin? Niemals! Emily drückte die Absätze hinunter und nahm den leichten Sitz ein, als sie an den Sprung kam. Dabei setzte sie die Hände auf die Mähne.

Moondance trabte an das Hindernis heran, spitzte die Ohren, machte einen Galoppsprung, riss die Vorderbeine unter den Bauch und segelte über das Stangenkreuz.

»Whoa!« Emily verlor das Gleichgewicht, kippte nach hinten und krachte anschließend bei der Landung mit dem Gesicht auf Moondances Hals. Die Stute galoppierte weiter. Instinktiv packte Emily ihre Mähne, um nicht runterzufallen. Dann hielt sie sich am Hals des Pferdes fest und schaffte es zurück in den Sattel. Sie packte die Zügel und parierte Moondance zum Trab durch.

Ihr Gesicht glühte, so sehr ärgerte sie sich über sich selbst. »Ich kann das besser.«

»Emily, das ist kein Problem. Springen ist eine neue Erfahrung für dich. Das macht gar nichts!«

»Okay.« Emily fühlte sich ein wenig besser.

Tante Debby setzte sich auf eines der höheren Hindernisse. »Dann noch mal und bitte fass in die Mähne!«

»Ja gut.« Emily nickte. Obwohl sie wieder hinter der Bewegung zurückblieb, wurde sie bei der nächsten

Landung nicht nach vorn geschleudert. Grinsend ließ sie Moondance ausgaloppieren. »Das macht Spaß!«

Tante Debby lächelte. »Na, dann weiter!«

Dieses Mal gab Emily mit den Händen etwas nach, als die Stute absprang, und bei der Landung stützte sie sich nur auf dem Hals ab. »Hast du das gesehen? Wir sind geflogen!«, rief sie ihrer Tante zu.

Debby lachte. »Gut, dann aus dem Galopp und nach dem Stangenkreuz nimmst du noch den kleinen Steilsprung dort.«

Emily spürte ihren Puls in den Schläfen, als sie zu den rot-weißen Stangen sah. Sie waren um die fünfzig Zentimeter hoch und wirkten ziemlich beeindruckend. »Aus dem Galopp?«

»Jepp. Zähl die Galoppsprünge zwischen den Hindernissen. Du solltest genau sechs brauchen, aber fass unbedingt in die Mähne!«

»Alles klar!« Emilys Herz raste. Sie ließ Moondance auf das Stangenkreuz zutraben und flog mit ihr durch die Luft. Dann zählte sie die Sprünge bis zum nächsten Hindernis gemeinsam mit ihrer Tante laut mit: »Zwei, drei, vier, fünf, sechs …«

Moondance sprang ab – und Emily vergaß, in die Mähne zu greifen. Sie blieb total hinter der Bewegung zurück und wurde bei der Landung vorwärts aus dem Sattel geschleudert. Sie schoss geradewegs über Moondances Hals hinweg in den weichen Sand.

Die Stute stoppte sofort und senkte den Kopf.

Emily rollte auf den Knien ab und schnappte nach Luft.

Augenblicklich war Tante Debby bei ihr. »Ist alles okay mit dir?«

»Oh ja!« Emily grinste. Der Sturz hatte ihr nicht das Geringste ausgemacht. Springen war so aufregend! »Das macht echt Spaß!«

Ihre Tante lächelte und klopfte an Emilys Reithelm. »Na, dann versuch es noch mal. Ich werfe dich wieder rauf.«

Emily sprang auf die Füße, klopfte sich die Hose ab und trat auf Moondance zu.

»Linkes Bein!«, sagte ihre Tante. Emily winkelte das Knie an und Tante Debby packte ihr Bein. »Auf drei! Eins, zwei, drei!« Emily drückte sich im selben Moment vom Boden ab, in dem ihre Tante sie hochwarf. Geschmeidig landete sie auf Moondances Rücken.

Sie nahm die Steigbügel auf, verkürzte den Zügel und trabte wieder an.

»Und dieses Mal hältst du dich fest!«

»Verstanden!« Emily packte Moondances Mähne, als sie über das Stangenkreuz sprang, und hielt sich weiter daran fest, während sie laut mitzählte: »Eins, zwei, drei, vier, fünf, sechs!« Diesmal blieb sie nur ein kleines bisschen hinter der Bewegung zurück, sodass sie sich bei der Landung einigermaßen fangen konnte. »Was mache ich falsch, warum bleibe ich nicht in der Bewegung?«, wollte sie von ihrer Tante wissen.

»Du machst das prima. Es dauert einfach eine Weile, bis man sich an die Bewegung am Sprung gewöhnt hat. Du wirst das Gefühl dafür schon noch bekommen!«

»Okay.« Jetzt wusste Emily erst richtig zu schätzen, über was für Hindernisse Alison gegangen war. Sie waren dreimal so hoch gewesen wie diese hier und Alison hatte nicht die geringsten Probleme gehabt! »Wann darf ich höher springen?«

Tante Debby lachte. »Du solltest erst einmal die Grundlagen beherrschen.«

»Macht mir nichts aus, wenn ich runterfalle!«

»Mir aber und dir sollte das auch nicht egal sein.« Deb stemmte die Hände in die Hüften und ihr Lächeln wich einer ernsten Miene. »Es ist wichtig, dass die Grundlagen gefestigt sind, bevor du weitergehst. Ansonsten gefährdest du dich und dein Pferd. In meinem Stall erwarte ich, dass du dich für die Pferde, die dir anvertraut werden, verantwortlich fühlst. Das bedeutet, keine Risiken einzugehen.«

Emily seufzte. »Okay«, sagte sie rasch. »Die Höhe hier ist genau richtig.«

»Gut.«

Emily sprang noch einmal. Und noch einmal. Und noch einmal.

Und jedes Mal spürte sie einen Kick in dem Augenblick, bevor Moondance landete. Es war schlichtweg die coolste Sache, die sie je mit einem Pferd unternommen hatte!

Nicht, dass sie nun gleich zu einer Springreiterin werden würde, denn die Dressur war nun einmal *ihr Ding*, aber das Springen war unglaublich aufregend, und sie konnte es kaum erwarten, in einem Parcours gegen die Uhr zu gehen.

Nach einer weiteren halben Stunde hatte Emily den Dreh heraus und schaffte es – meistens –, in der Bewegung zu bleiben, obwohl sie sich beim Absprung noch immer in Moondances Mähne festhalten musste.

Als Tante Debby auf die Uhr sah und verkündete, dass sie Schluss machen mussten, war Emily richtig enttäuscht. »Schon?«

Tante Debby lächelte. »Wir treiben uns hier bereits eine Stunde lang herum! Wir machen morgen weiter.«

»Auf Saphir?« Emily hielt die Luft an, während sie Moondance am langen Zügel um Tante Debby kreisen ließ.

»Tut mir leid, Emily, ich weiß, dass er dir gefällt, aber er ist ein bisschen schwierig, vor allem am Sprung. Er ist mein Spezialprojekt, und du bist noch nicht so weit, ihn reiten zu können.«

Emily biss sich auf die Lippe. »Aber bald?«

Tante Debby ging zum Tor. »Wir werden sehen.«

Emily seufzte. Das hieß in der Sprache der Erwachsenen *niemals*. »Warum ist er dein Spezialprojekt? Alison hat gesagt, dass du ihn verkaufen willst.« Sie ritt hinter ihrer Tante her und klopfte Moondances Hals.

Tante Debby öffnete das Tor. »Damit verdiene ich mein Geld. Ich kaufe Pferde mit Potenzial, die gesundheitliche Probleme oder Verhaltensstörungen aufweisen. Ich versuche, ihnen zu helfen und sie anschließend gewinnbringend weiterzuverkaufen. Saphir war ein Schnäppchen, und ich hoffe, möglichst viel Gewinn mit ihm zu machen.«

Wieder biss Emily sich auf die Lippe. »Und warum behältst du ihn nicht?«

»Weil das Geschäft so nicht funktioniert …«

»Aber er ist was Besonderes!«

»Emily«, Tante Debby legte ihr die Hand aufs Knie und sah sie freundlich an, »Saphir wird nicht hierbleiben, okay? Ich *muss* ihn verkaufen.«

»Wann?«

»Wenn er so weit ist.« Tante Debby ging weiter.

Emily trieb Moondance durchs Tor und folgte ihr. »Wann wird das sein?«

Tante Debby lachte laut auf. »Entspann dich, Emily. Er braucht noch ein paar Monate, okay?«

»Okay.« Ein paar Monate. Genügend Zeit, ihre Tante davon zu überzeugen, ihn *nicht* zu verkaufen.

»Aber ihr reist doch sowieso bald wieder ab. Warum interessiert dich das?«, fragte Deb.

Emily spürte, wie ihr die Glut ins Gesicht stieg. Es war ihr ein bisschen peinlich zuzugeben, wie sehr sie Saphir mochte, obwohl sie ihn doch gerade erst ein paar Stunden kannte. »Ich hab ja nur gefragt.«

»Aha.« Tante Debby deutete auf ihre Uhr. »Wir fahren in einer halben Stunde los zum Begräbnis. Komm bitte nicht zu spät.«

Emily verzog den Mund. Sie würde lieber im Stall bleiben. »Ist okay.«

Tante Debby hob die Augenbrauen und blickte Emily streng an. »Es ist eine gute Sache, deinem Großvater die letzte Ehre zu erweisen, auch wenn du ihn nicht kennengelernt hast.«

Emily versteifte sich. Ihr Vater war der Einzige, der sich je um sie gekümmert hatte. »Hast du ihn gemocht?«

Tante Debbys Gesicht wurde weich. »Natürlich. Er war mein Vater.«

»Und wie schaffst du es, mit seinem Tod klarzukommen?«

»So ist das Leben nun mal. Genau wie die Pferde auf der Farm kommen und gehen, genauso kommen und gehen auch die Menschen in unserem Leben. Wir genießen die guten Zeiten, und in schlechten Zeiten halten wir durch, bis es wieder besser wird.« Lächelnd tätschelte Debby wieder Emilys Bein. »Na los, sattele Moondance ab. Du hast nicht mehr viel Zeit.«

»Okay.« Emily ritt auf Moondance zum Stall und dachte über die Worte ihrer Tante nach. An den Gedanken, dass sie irgendwann Abschied von Saphir nehmen musste, konnte sie sich dennoch nicht gewöhnen.

Nachdem sie Moondance fertig gemacht hatte, lief sie an Saphirs Box vorbei und umarmte ihn. »Obwohl ich dich erst ein paar Stunden kenne, kann ich mir ein Leben ohne dich nicht mehr vorstellen«, flüsterte sie ihm zu. Sie schob den Riegel zurück, um in seine Box zu schlüpfen …

»Emily!«

Erschrocken zuckte sie zusammen. Tante Debby stand am Ende des Ganges. Sie trug eine schwarze Hose und glänzende Stiefel. Das Haar fiel ihr offen über die Schultern. Sie sah sehr hübsch aus.

»Ich wollte nur …«

Tante Debby tippte auf ihre Uhr. »Wir müssen in ein paar Minuten los, Emily. Geh rein und zieh dich um, wir dürfen zu Pas Begräbnis nicht zu spät kommen.«

»Ich fliege.« Emily machte auf dem Absatz kehrt und sprintete den Stallgang hinunter zum Haus, fest entschlossen, Tante Debby nicht zu enttäuschen.

Kapitel 7

Emily duschte, so schnell sie konnte. Dann stürmte sie in ihr Zimmer und zog sich hastig einen Rock und eine Bluse über. Anschließend lief sie mit nackten Füßen ins Badezimmer zurück, um sich das Haar zu föhnen. Als sie den Föhn ausschaltete, blieben ihr noch drei Minuten bis zur Abfahrt. Sie stürmte zurück ins Zimmer, schnappte sich ein Paar Ballerinas und eilte nach unten. Als sie die Diele erreichte, kamen ihr Kyle und Kathleen aufgeregt entgegen.

»Ist alles in Ordnung?«, fragte Emily.

Kathleen sah Emily mit weit aufgerissenen Augen an. Ihr Haar war zu zwei Zöpfen geflochten, die von roten Schleifen zusammengehalten wurden. Sie trug einen Matrosenanzug und Cowboystiefel. »Saphir ist schon wieder abgehauen, wir haben ihn eben über den Hof rennen sehen.«

»*Was?*« Emily rannte zum Fenster, gerade noch rechtzeitig, um Saphir die Auffahrt in Richtung Straße hinuntergaloppieren zu sehen. Der Kies spritzte unter seinen Hufen. »Oh nein!«

Einen Augenblick später sprang Onkel Rick, den sie noch am letzten Abend kennengelernt hatte, in sauberen Bluejeans, Hemd und Krawatte in seinen alten Laster und nahm Saphirs Verfolgung auf, während Tante Debby in den Stall rannte.

»Das ist hammermäßig!« Kyle lehnte sich aus dem Fenster. »Wir kommen zu spät zum Begräbnis und Mom ist fuchsteufelswild!«

Emily schaute auf die Uhr und hielt die Luft an.

»Mom hat gesagt, dass du zuletzt im Stall gewesen bist, stimmt das?«, fragte Kathleen Emily.

»Ich?« Emilys Magen krampfte sich zusammen, als ihr bewusst wurde, dass sie vergessen haben musste, den Riegel vor Saphirs Box zu schieben. Ihr Herz fing wie wild an zu schlagen. »Ich muss ihnen unbedingt helfen …«

»Dein Vater kann ja reiten?« Kathleen klang erstaunt.

»Wie kommst du denn darauf?« Emily blickte aus dem Fenster und traute ihren Augen kaum.

Ihr Vater jagte auf einem großen dunkelbraunen Pferd im gestreckten Galopp aus dem Stall! Er stand perfekt ausbalanciert in den Steigbügeln, über den Hals des Pferdes gebeugt und hatte es mit ruhiger Hand an den Zügel gestellt. Heiliger Bimbam! Sie hatte keine Ahnung gehabt, dass er reiten konnte!

»Nicht schlecht«, mischte sich Kyle ein, als Scott die Auffahrt hinunterpreschte.

Tante Debby folgte ihm kurz darauf auf einem dunkelgrauen Wallach.

Emily wurde schlecht. Am liebsten hätte sie sich unter dem Bett verkrochen und wäre nie wieder darunter hervorgekommen. Was hatte sie nur getan?

»Jetzt bist du fällig!«, sagte Kyle. »Wir verpassen bestimmt die Beerdigung!« Seine Augen funkelten voller Schadenfreude. »Und falls sich Saphir verletzt und Mom ihn nicht verkaufen kann, dann verlieren wir die Ranch und du bist an allem schuld.«

Emily drehte sich der Magen um. Mit zitternden Händen griff sie nach ihren Reitstiefeln. »Ich werde ihnen helfen, Saphir einzufangen.«

Kathleens braune Augen weiteten sich vor Schreck. »Darfst du denn allein ausreiten?«, fragte sie.

Emily zögerte. »Brauch ich dafür eine Erlaubnis?«

»Wenn du keine Erlaubnis hast, gibt es Riesenärger, wenn du dir einfach ein Pferd schnappst und ihnen hinterherreitest.« Kathleens Stimme nahm einen strengen Ton an. »Was die Pferde angeht, versteht Mom keinen Spaß. Sie wird dich erden.«

Emily runzelte die Stirn. »Mich *erden*?«

»Reitverbot. Sie hat das letzten Monat mit Alison gemacht. Drei Wochen Reitverbot.«

»Oh!« Nicht mehr reiten zu dürfen, war für sie die schrecklichste Strafe.

Kyle grinste. »Mach es doch einfach. Du kriegst ohnehin schon genug Ärger. Viel schlimmer kann es nicht mehr werden.«

Emilys Gedanken rasten. Was sollte sie tun? Sie musste an Saphir denken und wusste, dass sie keine andere Wahl hatte. »Ich tue es!«

Kyle hielt den Daumen hoch. »Cool!«

Kathleen schüttelte den Kopf. »Das wird dir noch leidtun! Das wird Mom dir nie verzeihen!«

»Wir bleiben sowieso nur zwei Wochen.« Emily zog rasch ihre Reitstiefel über und sprintete zum Stall. Kyle und Kathleen blieben ihr dicht auf den Fersen. Aus der Sattelkammer holte Emily in Windeseile Moondances Ausrüstung, bevor sie zu ihrer Box marschierte.

»Wollen wir wetten, dass Mom Emily heute noch nach Hause schickt«, sagte Kyle zu Kathleen.

»Ich glaube, dass sie einen Monat lang zu Stallarbeit verdonnert wird«, erwiderte Kathleen.

Emily starrte die beiden wütend an, während sie Moondances Box öffnete. »Könnt ihr bitte aufhören!«

»Es ist viel lustiger, wenn du Ärger hast und nicht ich«, sagte Kyle. »Es wäre wirklich zu schade, wenn Mom dich heimschicken würde.«

»Oh nein«, Kathleen hatte mit einem Mal Tränen in den Augen, »dann wirst du nie mit mir in meiner Höhle in der Scheune spielen können.«

Emily fühlte sich schrecklich, als sie Moondance den Sattel auf den Rücken warf. Sie hasste es, Ärger zu haben! Aber was sollte sie tun? Riskieren, dass Saphir von einem Auto angefahren wurde?

Plötzlich hielt sie in der Bewegung inne und horchte. Draußen vor dem Stall war Hufgeklapper zu hören. Dann ertönte die Stimme ihres Vaters auf dem Hof.

»Er muss noch müde gewesen sein von seinem Ausflug gestern.«

Hatten sie Saphir etwa schon eingefangen?, schoss es Emily durch den Kopf. Eine Welle der Erleichterung erfasste sie. Dann konnte Saphir nicht verletzt sein.

»Es war wirklich gut, dass wir ihn von zwei Seiten in die Enge treiben konnten«, sagte Tante Debby. »Ich bin beeindruckt, dass du immer noch reiten kannst.«

Emilys Vater schnaubte. »Natürlich kann ich immer noch reiten.«

»Mist!« Tante Debby stöhnte auf. »Scott, hast du mal auf die Uhr gesehen? Wir werden es nicht rechtzeitig zu Pas Beerdigung schaffen. Das wird er uns niemals verzeihen!«

»Wir werden nicht zu spät sein«, sagte Scott ruhig. »Wir müssen uns nur ein bisschen beeilen.«

»Sie kommen!«, quietschte Kathleen. »Schaff bloß den Sattel weg, bevor sie merken, dass du Moondance reiten wolltest.« Kathleen schnappte sich die Trense und stürmte in die Stallgasse hinaus.

Kyle machte einen Schritt zurück, als Emily den Sattel von Moondances Rücken riss und die Boxentür aufstieß. Sie eilte hinter Kathleen her zur Sattelkammer.

»Beeil dich«, zischte diese ihr zu.

Der Hufschlag wurde lauter.

Emily schoss in den kleinen Raum und fiel der Länge nach über eine Putzbox. Völlig außer Atem rappelte sie sich wieder auf.

Kyle hielt sich vor Lachen den Bauch.

»Alles okay?«, fragte Kathleen.

»Halbwegs.« Emily blinzelte, hob den Sattel vom Boden auf und warf ihn auf den Sattelbock. Dann nahm sie Kathleen die Trense ab und hängte sie auf ihren Platz.

Draußen im Stallgang waren Schritte zu hören. Emily fuhr in dem Moment herum, als Tante Debby zur Tür hereinschaute. Sie hatte Saphir, dessen schweißbedeckte Flanken bebten, am Strick. Er spitzte die Ohren, als er Emily sah.

Mit zusammengekniffenen Augen taxierte ihre Tante sie. »Emily«, fuhr sie ihre Nichte an, »geh raus und hilf deinem Vater mit dem Pferd. Sieh zu, dass du es mit einer Abschwitzdecke in seine Box stellst, aber ruck, zuck!« Ihr Blick wanderte an Emily herunter. »Und du wirst *nicht* in Gummistiefeln zur Beerdigung gehen! Kyle, hilf Alison, Max aufzuladen. Und Kathleen, du setzt dich ins Auto, damit du dich nicht noch dreckiger machst!«

»Okay«, hauchte Emily und wischte sich die schweißnassen Hände an ihrem Rock ab.

Hoffentlich konnte Tante Debby ihr verzeihen, dass sie Saphirs Box nicht richtig verriegelt hatte.

Kapitel 8

Die Stille war unerträglich. Emily hatte das Gefühl, als läge sie bleischwer auf ihnen. Zusammen mit ihrem Vater folgte sie dem Wohnmobil von Rick, das den Pferdeanhänger mit Max zog.

»Ich habe gesagt, dass es mir leidtut«, wiederholte sie.

Ihr Vater seufzte. »Em, ich weiß, dass du Saphir nicht mit Absicht rausgelassen hast, aber es ist für uns alle sehr unangenehm, zu spät zur Beerdigung zu kommen.«

Emily biss sich auf die Unterlippe, um die Tränen zurückzuhalten, die ihr in die Augen stiegen. Ihr Vater war in der Vergangenheit selten sauer auf sie gewesen. Er hatte immer auf ihrer Seite gestanden. Aber jetzt umklammerte er das Lenkrad so fest, dass seine Fingerknöchel weiß hervortraten.

»Sie werden doch auf dich warten, oder?«, fragte Emily.

»Vermutlich.«

Unbehaglich rutschte Emily auf ihrem Sitz herum. »Soll ich vielleicht lieber im Auto bleiben, weil alle wütend auf mich sind?«

Ihr Vater warf ihr einen Blick zu. »Emily, niemand ist wütend auf dich. So was passiert nun mal.«

»Kommt mir aber anders vor. Tante Debby hat mich drei Mal angeschrien. Und wir fahren in verschiedenen Autos. Dabei hätten wir alle ins Wohnmobil gepasst.«

»Sie sind gestresst. Wir sind alle mit den Nerven runter, weil Pa gestorben ist. Es ist gut, ein bisschen auf Abstand zu bleiben. Es ist eine schwierige Zeit.« Er tätschelte ihr Knie und warf ihr ein grimmiges Lächeln zu. »Aber ich wäre in der Tat böse gewesen, wenn du nicht mit zum Begräbnis gekommen wärst. Er war immerhin dein Großvater.«

Emily wandte den Kopf ab und blickte aus dem Fenster. Sie sah die grünen Wiesen vorbeifliegen und wünschte sich nichts sehnlicher, als bei Saphir sein zu können.

Nach dem Begräbnis war Emily so erschöpft, dass sie glaubte, sich keine Minute länger auf den Beinen halten zu können.

Die Beerdigung war sehr traurig gewesen. Seit Jahren hatte sie ihren Vater nicht mehr weinen sehen und jeder Versuch, ihn zu trösten, war gescheitert. Und als wäre das nicht schon schlimm genug, würdigte Tante Debby sie keines Blickes.

Emily fühlte sich schrecklich fehl am Platz. Sie seufzte und lehnte sich an einen Baum, während sie das Geschehen um sich herum beobachtete. Als sie zu dem alten Schimmel Max herüberschaute, musste sie allerdings grinsen. Das Pferd ihres Großvaters hatte seine Nase gerade in eine Bowleschüssel gesteckt.

Die Musik wurde lauter, und alle schienen fest entschlossen, sich zu amüsieren, um den Großvater damit zu würdigen, so, wie er es gewollt hatte. Scott war die meiste Zeit damit beschäftigt, die Trauergäste zu begrüßen. Tante Debby saß in einer Ecke inmitten einer Gruppe von Frauen und unterhielt sich angeregt. Von ihren Cousinen fehlte jede Spur. Emily fühlte sich einsam. Sie wollte nur fort von hier!

Sie hatte versucht, sich bei ihrer Tante zu entschuldigen, doch vergeblich. Debby hatte ihr zu verstehen gegeben, dass sie im Moment nicht mit ihr sprechen wollte.

Emily atmete tief durch. Sie konnte es nicht ertragen, dass jemand böse auf sie war.

Als sie kurz davor war, in Tränen auszubrechen, kam ihr Vater auf sie zu. »Dad!«

Er legte ihr den Arm um die Schultern und drückte sie an sich. »Alles okay, Kleines? Es war ein langer Tag heute.«

»Ja«, schniefte Emily. »Es tut mir leid, dass ich euch heute so viel Ärger gemacht habe.«

Ihr Vater drückte sie noch einmal. »Ist schon okay, Schatz. Sie haben die Beerdigung für uns verschoben und es war ein sehr schöner Gottesdienst. Es ist nichts passiert.«

Sie sah ihn an. »Glaubst du, dass Tante Debby mir verzeihen wird? Sie will nicht mit mir reden.«

Er lächelte. »Alles wird gut werden. Sie ist heute zu aufgewühlt. Gib ihr ein bisschen Zeit.«

»Bist du dir sicher?«

»Ganz sicher«, sagte ihr Vater mit Nachdruck.

In diesem Moment lief ein großer dunkelblonder Mann mit einem wettergegerbten Gesicht an ihnen vorbei. »Jack!«, rief ihr Vater. »Warte einen Augenblick.« An Emily gewandt sagte er: »Das ist ein alter Freund von mir. Kann ich dich noch mal ein paar Minuten allein lassen?«

Emily zuckte mit den Achseln und versuchte, sich nicht anmerken zu lassen, wie elend sie sich fühlte. Das war sie ihrem Vater schuldig. »Schon okay.«

Scott sah sie stirnrunzelnd an. »Onkel Rick bricht übrigens jetzt zur Ranch auf. Er nimmt Kyle und Kathleen mit. Willst du nicht auch schon zurückfahren?«

»Oh ja, wäre das okay für dich?«, fragte sie erleichtert.

»Na klar.« Scott küsste seine Tochter auf die Stirn. »Danke, dass du überhaupt mitgekommen bist, mein Schatz.«

Emily drückte ihr Gesicht in sein Jackett. »Gern geschehen.«

»Also gut.« Ihr Vater lächelte sie an. »Beeil dich, sonst fährt Rick noch ohne dich.«

Auf dem Weg zurück zur Farm hatte Emily kein Wort gesagt. Onkel Rick, Kathleen und Kyle hatten die ganze Zeit über den Großvater geredet und Emily war sich wie ein Eindringling vorgekommen. Sie hatte nicht schnell genug aus dem Auto herauskommen können. Doch erst als sie sich umgezogen hatte und wieder ihre Lieblingsjeans trug, ging es ihr wirklich besser.

Ein Besuch im Stall wäre jetzt genau das Richtige, dachte sie und lief ins Erdgeschoss hinunter. Sie schaute kurz im Wohnzimmer vorbei, um Kathleen Bescheid zu sagen.

»Oh, cool.« Ihre Cousine strahlte sie an. »Ich komme nach, wenn die Pferdesendung vorbei ist, in fünf Minuten. Dann können wir den ganzen Nachmittag zusammen spielen. Ich kann dir das Baumhaus zeigen, das Grandpa für uns gebaut hat, okay?«

»Ähm, ja.« Emily war nicht gerade scharf darauf, mit Kathleen den Rest des Tages zu verbringen. Sie wollte mit Saphir allein sein.

Sie dachte angestrengt nach. Es gab nur eine Möglichkeit, das zu erreichen. Sollte sie es wagen? Tante Debby würde toben … aber wenn sie sich beeilte, könnte sie vor den anderen zurück sein.

Ihr Vater würde sie sicher verstehen. Er sagte immer, sie solle ihrem Herzen folgen.

Kapitel 9

Emily wirbelte herum und sprang die Stufen hinauf zu ihrem Zimmer. Sie schnappte sich ihren Reithelm vom Nachttisch und raste wieder nach unten, wobei sie immer zwei Stufen auf einmal nahm. Um nicht von Kathleen und Kyle gesehen zu werden, stürmte sie durch die Terrassentür in den Garten. Dann rannte sie zum Stall, direkt in die Sattelkammer.

Schwer atmend riss sie Saphirs Sattel vom Sattelbock, griff nach der Trense und lief damit zu seiner Box.

Ihre Hände zitterten vor Aufregung, als sie den Riegel zurückschob und in seine leuchtenden braunen Augen sah. Ihre Einsamkeit löste sich augenblicklich in Nichts auf.

»Saphir!«, flüsterte Emily, überwältigt von seiner Schönheit.

Er wieherte und kam sofort zu ihr, um seine Nüstern in ihre Hand zu pressen.

Sie schmiegte ihre Wange an seinen Hals. »Du bist der Beste«, murmelte sie mit geschlossenen Augen und seufzte.

Saphir begann, an ihrem Haar zu knabbern, so als könnten sich darin irgendwelche Leckerbissen verstecken.

»Los, wir müssen uns beeilen. Wir haben nicht viel Zeit.« Emily küsste ihn auf die Nase.

Schnell putzte sie ihn über, kratzte ihm die Hufe aus und warf den Sattel auf seinen Rücken. Als sie den Gurt anziehen wollte, begann er zu tänzeln, und Emily fiel wieder ein, dass ihre Tante gesagt hatte, sie solle ihn links und rechts festmachen. »Mist, wir müssen dir ja Manieren beibringen!«

Saphir drehte ihr den Kopf zu, und sie glaubte, in seinem Blick zu lesen, dass er nicht angebunden werden wollte.

Sie seufzte und streichelte ihn. »Okay, aber versprich mir, es niemandem zu verraten.«

Er schlug mit dem Kopf, als würde er Ja sagen, und knabberte dann an seinem Heu, während Emily den Gurt anzog. Anschließend griff sie nach der Trense und im Gegensatz zu Moondance nahm Saphir anstandslos das Gebiss ins Maul.

Sie setzte ihren Reithelm auf, streifte ihre ledernen Reithandschuhe über und spähte in die Stallgasse. Ihr Herz raste vor Nervosität.

Niemand war zu sehen.

Als sie Saphir aus der Box führte, kam ihr das Klappern der Hufe schrecklich laut vor. Emily stöhnte bei jedem Schritt und blickte gehetzt über die Schulter.

Doch sie erreichten den Reitplatz, ohne entdeckt zu werden. Emily kletterte auf den Zaun, um mit dem Bein an den Steigbügel heranzukommen.

Plötzlich hielt sie inne.

Sollte sie das wirklich tun?

Saphir schwang den Kopf herum und sah sie an. Seine weiße Blesse strahlte in der Nachmittagssonne. Dann stampfte er ungeduldig mit dem Huf auf.

»Okay, los geht's!« Emily atmete tief durch und schwang das Bein über seinen Rücken.

Sie grinste, als sie in den Sattel einsaß und seinen mächtigen Körper unter sich spürte, der nur aus Muskeln zu bestehen schien.

Kapitel 10

Als sie außer Sichtweite des Hauses waren, ließ Emily Saphir antraben. Er gehorchte sofort und glitt in den weichsten Trab, den sie je erlebt hatte. Er bewegte sich fast mühelos vorwärts.

Sie seufzte und hörte, wie seine Hufe auf die Grasnarbe pochten. Seine Muskeln spielten unter dem Fell, das in der Sonne glänzte.

Ein Vogel erschreckte Saphir, doch Emily klopfte beruhigend seinen Hals, und er fing sich rasch wieder.

Umgeben von unberührter Natur konnte sie den Frühling riechen. Sie atmete auf. Niemand würde ihr jetzt Vorschriften machen können.

Sie streckte ihr Gesicht der warmen Sonne entgegen. »Ich bin frei!«, rief sie. »Frei!«

Saphir fiel in den Galopp und Emily sonnte sich in dem Gefühl, wie sein Körper sich kraftvoll unter ihr bewegte. Er bestand aus purer Energie, anders als Bolero, der eher edle Eleganz und Grazie ausstrahlte. Saphir aber war …

Da wieherte er plötzlich und schoss wie von der Tarantel gestochen los.

Emily schrie auf und griff in seine Mähne. Bei dem Tempo konnte sie kaum das Gleichgewicht halten.

Saphirs Hals war gerade ausgestreckt, die Ohren flach angelegt. Mit donnerndem Hufschlag raste er davon.

Emily fing sich wieder, packte den Zügel, stellte sich in den Steigbügeln auf und beugte sich über die Mähne. Der Wind fuhr ihr ins Gesicht und nahm ihr fast den Atem. Sie begann zu lachen, überwältigt von der unbändigen Kraft, die sie erfasst hatte. Das war der Augenblick reinen, unendlichen Glücks!

Saphir wurde noch flacher. Emily kauerte auf seinem Rücken und versuchte nicht, ihn zu bremsen. Sie ließ ihn laufen für den großartigsten Ritt ihres Lebens!

»Juchu!« Ihr Schrei verhallte im Wind. Die frische Luft füllte ihre Lungen mit Kraft.

So rasten sie dahin. Saphirs Hufe donnerten über den feuchten Grund.

Als er endlich wieder langsamer wurde und in einen ruhigeren Galopp verfiel, sank Emily zurück in den

Sattel. Sie lehnte sich nach vorn und schlang die Arme um Saphirs mächtigen Hals. »Danke!«, murmelte sie in sein Fell und fuhr mit der Hand durch seine dicke Mähne.

Saphir schnaubte und scheute seitwärts, doch das machte Emily nichts, denn sie wusste, dass dieser Ritt ein ewiges Band zwischen ihnen geschaffen hatte.

»Ich kann mir nicht vorstellen, jemals wieder Dressur zu reiten«, hauchte sie.

Als Saphir auf einen Wald zugaloppierte, saß sie tiefer im Sattel ein und nahm die Zügel an, bis er ruhig kanterte. Glücklich seufzte sie, als sie den leichten Galopp aussitzen konnte.

Vor ihnen kam ein schmaler Bach in Sicht, der sich über die Wiese schlängelte. Sie versuchte, Saphir zum Trab durchzuparieren. Doch er legte sich aufs Gebiss, nahm ihr die Hand und spitzte die Ohren.

»Ruhig, Junge!«, murmelte sie, während sie vergeblich links und rechts am Zügel zerrte.

Gerade als ihr bewusst wurde, dass Saphir springen wollte, schoss er schon in die Höhe.

Völlig unvorbereitet blieb Emily hinter der Bewegung zurück. Sie verlor beide Steigbügel, knallte bei der Landung auf Saphirs Hals und begann, seitwärts wegzurutschen. In letzter Sekunde konnte sie sich in der Mähne festkrallen. Ihr Herz raste, während Saphir immer schneller wurde.

Dann senkte er den Kopf und bockte. Emily wurde im hohen Bogen in die Luft geschleudert. Sie streckte die Arme vor, um den Sturz abzufangen. Ohne Erfolg. Hart kam sie auf dem Boden auf. Stöhnend rollte sie ab und konnte sich vor Schmerzen nicht mehr bewegen.

Der Donnerschlag von Saphirs Hufen verklang, und als Emily wieder die Augen öffnete – war er fort.

Kapitel 11

Panik erfasste Emily. Sie drehte sich auf den Bauch und schrie auf, als der Schmerz in ihrem Bein explodierte.

»Saphir!«

Nichts als das Rauschen des Windes und das Plätschern des Baches war zu hören.

»Saphir!« Sie kroch zu einem kleinen Baum und zerrte sich daran hoch. Auf einem Bein stehend suchte sie den Horizont nach ihm ab. »Saphir!«

Ihre Augen füllten sich mit Tränen. »Saphir!«, flehte sie. »Bitte komm zurück!«

Ein Eichhörnchen, das an einem Baumstamm herunterkletterte, schnatterte und wackelte dabei mit seinem Schwanz, als würde es sie auslachen.

»Hau ab!«, zischte sie.

Auf einem Bein humpelte sie zurück zum Bach.

Sie wollte nicht ohne Saphir zur Ranch zurückkehren. Irgendwie musste sie es ans andere Ufer schaffen. Mit dem Zeh ihres verletzten Beines berührte sie versuchsweise den Boden und schrie auf.

Sie sah sich um und entdeckte in der Nähe einen stabilen Ast. Sie humpelte zu ihm, hob ihn auf und hüpfte auf ihn gestützt zum Bach zurück.

Eine eisige Kälte drang in ihre Stiefel, als sie ins Wasser trat. Sie hüpfte weiter, immer weiter …

Doch kaum hatte sie das andere Ufer erreicht, gab der Ast auf dem rutschigen Untergrund nach und glitt ihr aus den Händen.

Sie schrie auf, als sie fiel. Der Schmerz in ihrem Bein explodierte erneut, als sie auf einen Felsen aufschlug.

Sie schaffte es, auf die Knie zu kommen und auf allen vieren die kleine Uferböschung hochzukriechen.

Tränen liefen haltlos über ihre Wangen. Sie sank bäuchlings ins Gras, am ganzen Körper zitternd vor Erschöpfung, Kälte und Schmerz.

Um sechs Uhr abends herrschte auf der Wild Horse Ranch das reinste Chaos.

Als die Erwachsenen nach Hause gekommen waren, hatten Kathleen und Kyle berichtet, dass Emily verschwunden war. Und Scott hatte wenig später bemerkt, dass auch Saphir fehlte. Tante Debby war wütend und besorgt zugleich gewesen.

Emilys Vater hatte die nächste Stunde damit zugebracht, seine Schwester zu beruhigen. Er hatte ihr versichert, dass Emily eine gute Reiterin war. Doch nachdem es vier Stunden später immer noch kein Lebenszeichen von seiner Tochter gegeben hatte, hatte er ebenfalls begonnen, sich Sorgen zu machen.

Um Viertel nach sechs hatte Debby dann entschieden, einen Suchtrupp loszuschicken, ausgerüstet mit Funkgeräten, weil Handys auf der Ranch keinen Empfang hatten. Emilys Vater, Alison, Tante Debby, Onkel Rick und eine Pflegerin namens Meredith saßen auf ihren Pferden in der Einfahrt und nahmen Tante Debbys Anweisungen entgegen.

»Meredith und Alison, ihr beide bleibt zusammen! Wenn es dunkel wird, reitet ihr nach Hause, okay?«

Die Mädchen nickten und Tante Debby wandte sich den anderen zu. »Der Rest von uns schwärmt aus!«

Sie tätschelte ihrem Bruder den Arm. »Wir werden sie finden.« Dann wendete sie ihr Pferd ab und preschte im gestreckten Galopp die Einfahrt hinunter. Scott folgte ihr.

Emily stöhnte und rollte sich erschöpft auf den Rücken. Sie hatte die Orientierung verloren, wusste nicht mehr, aus welcher Richtung sie gekommen war.

Die riesigen Ländereien, die ihr gestern so fantastisch erschienen waren, wirkten jetzt endlos und bedrohlich. Sie war ganz allein.

Wieder presste sie die Hände aufs Gesicht, Tränen flossen ihre Wangen hinunter. Sie hatte nasse Füße und fror und hatte schreckliche Schmerzen.

Und zu allem Überfluss setzte langsam die Dämmerung ein. Sie schauderte bei dem Gedanken, die Nacht allein hier draußen zu verbringen.

Ächzend ließ sie sich zur Seite kippen, kam auf die Knie und robbte Meter für Meter weiter.

Da hörte sie mit einem Mal jemanden ihren Namen rufen. Hoffnung keimte in ihr auf. Sie musste auf die Beine kommen, doch immer wieder knickte sie ein.

Sie hielt den Atem an und lauschte angestrengt.

Stille.

Angst schnürte ihr die Kehle zu, da hörte sie wieder die Stimme.

»Ich bin hier!«, schrie sie. »Hier, hier bin ich!« Sie fuchtelte wild mit den Armen in der Luft herum. »Hier bin ich! Hilfe!«

Sie richtete ihren Oberkörper auf und dann sah sie ihn. Am anderen Ende der Weidefläche war ein Reiter. »Hier!« Er war zu weit weg. Er konnte sie nicht sehen. »Hier!« Endlich schaffte sie es, auf die Beine zu kommen. Sie humpelte dem Pferd entgegen und blieb erst stehen, als es auf sie zugaloppiert kam.

Tränen der Erleichterung flossen über ihr Gesicht und sie sackte wieder zu Boden.

Als Onkel Rick seinen Wallach Mystic neben ihr zügelte und absprang, konnte sie nicht aufhören zu weinen. »Emily! Bist du okay?«

Sie versuchte zu antworten, brachte aber kein Wort heraus, so sehr musste sie schluchzen.

Onkel Rick riss sie in die Höhe und schloss sie in seine Arme. Dann hielt er sie von sich weg und sah ihr ins Gesicht. »Alles okay?«

»Mein Bein ist verletzt.«

»Und sonst?«

»Habe ich nasse Füße.«

Er grinste. »Nun, ich denke, wir können uns jetzt um beide Probleme kümmern.« Er zog ein Walkie-Talkie aus dem Hosenbund und informierte die anderen darüber, dass er sie gefunden hatte und dass es ihr den Umständen entsprechend gut ging.

Ihr Vater war so in Panik, dass er ihre Stimme erst selbst über Funk hören musste, bevor er Onkel Rick glaubte.

Emily schämte sich, dass sie ihm solche Sorgen bereitet hatte. »Es tut mir so leid, Dad, ich wollte dir keine Angst machen!«

»Nein, Schatz, ich bin nur froh, dass du in Sicherheit bist.« Scotts Stimme bebte.

»Du fehlst mir, Dad!«

»Du fehlst mir auch, Liebling! Ist wirklich alles in Ordnung?«

»Ja.«

»Gott sei Dank!« Dann hörte sie ein Rascheln und kurz darauf wieder ihren Vater. »Tante Debby will dich sprechen.«

»Nein, warte …«

»Ist Saphir okay?«, wollte ihre Tante wissen.

Emilys Wangen begannen, vor Scham zu glühen. »Ich bin runtergefallen«, murmelte sie, »und er ist fortgerannt.«

»Was?« Tante Debbys Stimme krächzte im Lautsprecher. »Ich kann dich nicht verstehen!«

Onkel Rick legte Emily freundlich eine Hand auf die Schulter, während er ihr das Walkie-Talkie abnahm.

»Saphir ist abgehauen«, erzählte er seiner Frau. »Du und Scott, sucht nach ihm. Ich kümmere mich um Emily.«

Nachdem er Debby versprochen hatte, mit ihr in Verbindung zu bleiben, legte er auf. Dann wandte er sich Emilys Bein zu.

»Ich bin in echten Schwierigkeiten, oder?«

Er sah sie an. »Debby ist nur um deine Sicherheit besorgt, das ist alles.«

»Das war eine einmalige Sache. Es ist nicht so, dass ich ständig runterfalle …«

Onkel Rick hob die Augenbrauen. »Kümmern wir uns erst mal um dein Bein, okay? Über alles andere unterhalten wir uns später, wenn wir zurück auf der Farm sind.«

»Können wir nicht die ganze Nacht hier draußen bleiben?« Jetzt, da Onkel Rick bei ihr war, wollte sie lieber nicht zur Ranch zurück, wo sie wohl nur Ärger erwartete.

Ihr Onkel lachte. »Es wird schon nicht so schlimm werden, ich verspreche es dir.«

»Aber ich werde doch sicher geerdet werden, oder?« Bei dem Gedanken daran, füllten sich ihre Augen wieder mit Tränen.

»Höchstwahrscheinlich schon«, bestätigte Rick und tastete vorsichtig ihr Bein ab. »Es ist nicht gebrochen, zum Glück. Wahrscheinlich eine Stauchung.« Mit einem Stützverband aus dem Erste-Hilfe-Set an seiner Satteltasche stabilisierte er ihr Bein. »So müsste es gehen.«

»Das tut höllisch weh!«

Er nickte. »Ja, Stauchungen können manchmal schmerzhafter sein als Brüche.« Er stand auf und hob sie hoch. »Lass uns nach Hause reiten, du brauchst was Trockenes zum Anziehen.« Dann hievte er sie in den Sattel und schwang sich hinter ihr aufs Pferd. Mit einem Arm drückte er sie an sich, bevor er Mystic in einem leichten Galopp genau in die entgegengesetzte Richtung gehen ließ, die Emily eingeschlagen hatte.

Sie seufzte.

Die ganze Zeit hatte sie sich von der Ranch fortbewegt. Sie schauderte bei dem Gedanken, was alles hätte passieren können, wenn Onkel Rick sie nicht gefunden hätte …

»Rick!« Tante Debbys Stimme kratzte im Walkie-Talkie. »Wir haben einen Notfall! Pferd niedergebrochen! Wir sind eine Meile westlich vom alten Sägewerk. Wir brauchen deine Hilfe!«

Emily lief ein kalter Schauer über den Rücken. Saphir musste sich verletzt haben. Was hatte sie nur getan!

»Bin unterwegs!« Onkel Rick riss Mystic herum und trieb sein Pferd, den Arm fest um Emily geschlungen, im rasenden Galopp über den unebenen Boden.

Dann erreichten sie eine Hügelkuppe und Emily sah, dass sie mit ihren Befürchtungen vollkommen falschgelegen hatte.

Kapitel 12

Es war nicht Saphir, der verletzt war, stellte Emily mit einem erleichterten Schluchzen fest.

Ein dunkelbraunes Pferd lag mit ausgestreckten Vorderbeinen am Boden.

Tante Debby hatte es am Halfter gefasst, während ihr Vater versuchte, es zum Aufstehen zu bewegen.

Mystic donnerte den Hügel hinab.

Kaum war das kranke Pferd mühsam auf die Beine gekommen, brachte Scott Moondance seitlich davon in Position, um es zu stützen.

»Was ist los?«, fragte Onkel Rick.

Er parierte Mystic durch und sprang aus dem Sattel.

»Verletztes Bein, tiefe Wunde an der Flanke …« Tante Debby hielt plötzlich inne und sah Emily an. »Bleib bitte, wo du bist.«

Doch Emily reagierte nicht. Sie war zu schockiert vom Anblick des verletzten Pferdes. Es war so dünn, dass man alle Rippen sehen konnte, und ließ erschöpft den Kopf hängen. Sie glitt von Mystics Rücken und humpelte darauf zu, um es zu streicheln. Ein tiefes Stöhnen ging durch den Körper des Pferdes. »Wird er wieder gesund?«, brachte sie gepresst hervor.

Ihr Vater sah sie an. »Er ist schwer verwundet, Em. Niemand hat sich um ihn gekümmert.«

»Aber warum denn nicht?«

Tante Debby wandte sich ihr zu. »Das ist eine gute Frage.« Ihre Augen verengten sich. »Ich werde das herausfinden, darauf kannst du dich verlassen.«

Emilys Vater blickte seine Schwester an. »Ich hole den Pferdetransporter. Zu Fuß schafft er es nicht zur Ranch.«

»Beeil dich!«, sagte Tante Debby mit bebender Stimme, während Onkel Rick die Wunde untersuchte.

»Emily«, sagte ihr Vater, »kannst du Mystic reiten? Ich nehme Saphir.«

»Saphir, aber …« Emily verstummte, als ihr Vater ihr in den Sattel half. Da sie unmöglich mit den Füßen in den Steigbügeln reiten konnte, legte sie diese über

Mystics Widerrist. Scott runzelte die Stirn. »Schaffst du das auch wirklich?«

Emily nickte.

»Na, dann los«, sagte ihr Vater und zog Mystic am Trensengebiss mit sich.

Emilys Magen zog sich zusammen. Sie konnte den Blick nicht von dem verletzten Pferd wenden, dessen Kopf so tief hing, dass er fast den Boden berührte. Mit dem rechten Hinterbein fußte es nicht auf, und die Vorderbeine hatte es gespreizt, um sich auszubalancieren. Es sah aus, als würde es gleich umfallen. »Es steht nicht gut um ihn, nicht wahr?«, sagte sie zu ihrem Vater.

Scott blickte sie an. »Nein.« Er schüttelte den Kopf. »Kannst du wirklich reiten?«

»Ja.« Emily ließ Mystic angaloppieren, sodass sie im leichten Kanter neben Saphir herlief. Jedes Mal wenn ihr Bein gegen Mystics Bauch schlug, stöhnte sie vor Schmerz auf. Sie weigerte sich aber, ihren Vater zu bitten, langsamer zu reiten.

So schnell wie möglich mussten sie zurück zur Ranch. Ihr war klar, dass jede Minute zählte, um das Pferd zu retten.

Bei Anbruch des nächsten Tages saß Emily schon wieder auf Moondance. Sie trabte neben ihrem Vater her, der sich Spartakus, den Dunkelbraunen von gestern, gesattelt hatte.

Rick hatte Emily noch am Abend zuvor einen Gehgips angelegt, sodass ihr Bein geschützt war und sie ohne große Schmerzen reiten konnte. Ihr Bein würde in ein paar Tagen wieder okay sein, hatte er ihr versichert.

Emily und ihr Vater gelangten zu der Stelle, an der sie tags zuvor das verletzte Pferd gefunden hatten. Sie wollten seine Spur zurückverfolgen.

Offensichtlich war Emilys Vater der beste Fährtenleser in der Familie, wer hätte das gedacht?

Da Tante Debby voll und ganz mit der Pflege des verletzten Pferdes, das sie Trooper genannt hatten, beschäftigt war, hatte sie mit Emily noch nicht über den gestrigen Tag gesprochen.

Aber Emily hatte keinen Zweifel, dass der Ärger kommen würde.

Noch vor Sonnenaufgang war sie heimlich in Saphirs Box geschlüpft und hatte mit Entsetzen festgestellt, dass sein linkes Vorderbein angeschwollen war. Sie hatte sofort mit jemandem darüber sprechen wollen, aber alle waren zu beschäftigt gewesen. Seitdem hatte sie ein ungutes Gefühl im Bauch.

»Da!« Ihr Vater zeigte nach vorn. »Siehst du die abgeknickten Zweige? Von dort ist er gekommen.«

Emily beugte sich hinunter und inspizierte das Brombeergestrüpp. Keine Frage, einige Zweige waren abgebrochen. »Woher willst du wissen, dass es nicht Saphir war?«

»Die Richtung stimmt nicht. Na, dann mal los!«

Ihr Vater ritt voran. Langsam bahnten sie sich ihren Weg durch das Unterholz. Sie folgten den Hufspuren, orientierten sich an umgeknickten Zweigen und abgerissenen Blättern.

Die Sonne stand schon hoch am Himmel, als ihr Vater Spartakus endlich zügelte.

Vor ihnen erhob sich ein riesengroßer Stall mit einer winzigen Koppel daneben, die von einem kaputten Zaun umgeben war. Emily musste nach Luft schnappen. Überall waren Autowracks, um die sich Berge von Müll türmten. Ein paar Pferde standen bis zu den Fesseln im Dreck, mit schmutzverklebtem Fell. Sie waren so dünn, dass Rippen und Hüftknochen hervorstachen. Der Gestank von Mist und Ammoniak stieg Emily in die Nase. Sie musste die Hand auf den Mund pressen. »Oh nein, die armen Pferde! Kein Wunder, dass Trooper weggelaufen ist!«

Ihr Vater schluckte und ließ Spartakus angaloppieren. Er ritt direkt auf das verfallene Stallgebäude zu, sprang ab und reichte Emily die Zügel.

Kaum war Scott im Inneren des Stalls verschwunden, hörte Emily ein ohrenbetäubendes Krachen.

Sie zuckte zusammen. »Dad? Alles okay?«

Keine Antwort.

»Dad!« Emily schwang sich aus dem Sattel und landete unsanft auf ihrem verletzten Bein. Ein stechender Schmerz raubte ihr fast den Atem. Sie biss die Zähne zusammen und humpelte auf das heruntergekommene Gebäude zu. »Dad!«

Kapitel 13

Als Emily den Stall betrat, stand ihr Vater an einem Münztelefon an der Wand, Schweiß tropfte von seiner Stirn. Woher der Lärm gekommen war, konnte sie nicht sehen.

»Mindestens dreißig Pferde. Ruf die Polizei und die Feuerwehr und komm mit dem Großtransporter und dem Gespann herüber.« Er knallte den Hörer auf und wirbelte herum, sein Gesicht glühte vor Zorn. Die Adern an seinem Hals traten deutlich hervor. »Tante Debby ist unterwegs, wir bringen die Pferde raus!«

Emily klappte der Unterkiefer herunter. »Wir stehlen sie?«

»Hey, was haben Sie hier zu suchen?«, ertönte mit einem Mal eine tiefe Männerstimme hinter Emily.

Sie fuhr herum und stand einem großen, schlaksigen Mann mit einem dünnen Pferdeschwanz gegenüber.

Er trug einen abgewetzten Overall und einen Cowboyhut.

Ihr Vater kniff die Augen zusammen und schien zu doppelter Größe anzuwachsen. »Ist das Ihr Stall?«, fragte er mit harter Stimme. »Sind das Ihre Pferde?«

Der Mann nickte. »Was wollen Sie?«

Scott war knallrot angelaufen und trat wutentbrannt auf den Besitzer der Farm zu.

»Dad!«, schrie Emily, als er den Mann am Kragen packte und in eine leere Box hineinstieß, in der das Dreckwasser zentimeterhoch stand. Der Mann flog durch die Luft und landete mit lautem Klatschen in der Brühe, die nach allen Seiten spritzte. Ihr Vater knallte die Boxentür zu, schob den Riegel davor und sicherte ihn mit einem Splint.

»Hey!«, brüllte der Mann und rüttelte völlig außer sich an den Gitterstäben. Schmutziges Wasser lief ihm übers Gesicht. »Sie können mich nicht einfach einsperren!«

Emily erkannte ihren Vater nicht wieder. Mit finsterer Miene wandte er sich ihr zu. »Em, wir müssen uns um die Pferde kümmern.«

»Okay«, stammelte Emily, noch immer völlig verwirrt.

»Greif dir alles, was du finden kannst: Halfter, Halsriemen, Stricke, alles!« Er setzte sich im Laufschritt in Bewegung.

Emily humpelte zu einer Truhe im Stallgang. Kaum hatte sie sie geöffnet, stand ihr Vater wieder vor ihr.

»Hier.« Er drückte ihr einen Strick in die Hand. »Bring das bitte raus.«

Emilys Magen zog sich zusammen, als sie sah, wie klapperdürr das Pferd war. Alle Rippen stachen aus dem räudigen braun-weißen Fell hervor. »Ach, Süßer!« Sie drückte den Wallach kurz, dann ruckte sie behutsam am Strick und führte ihn die Gasse hinunter.

Das Pferd spitzte die Ohren, als der Stallbesitzer wieder anfing herumzuschreien. Emily ignorierte das Gebrüll, klopfte dem Pferd den Hals und führte es langsam hinaus.

Als sie ins Tageslicht traten, senkte der Wallach den Kopf und drückte ihn an Emilys Hüfte. Er schien schon lange nicht mehr draußen gewesen zu sein. Sie kraulte ihn hinter den Ohren und stöhnte beim Anblick der dicken Dreckschicht auf seinem Fell. »Zu Hause werde ich dich erst mal waschen …«

Plötzlich ertönte in der Ferne ein Martinshorn. Augenblicklich begann Emilys Schützling zu tänzeln.

Sie versuchte, ihn zu beruhigen, als das Polizeiauto die Auffahrt herunterkam und mit Blaulicht durch die Schlaglöcher rumpelte. Direkt dahinter war der Pferdetransporter der Wild Horse Ranch.

Noch bevor die Polizisten ihre Türen geöffnet hatten, war Tante Debby bereits aus dem Wagen gesprungen. »Wo sind die anderen Pferde?«

»Da drin, Dad ist …«

Tante Debby raste an ihr vorbei und stürmte in den Stall. Die Beamten, die inzwischen auch aus dem Auto gestiegen waren, folgten ihr hastig.

In dem Moment fuhr Onkel Ricks Truck mit einem Pferdehänger auf den Hof. Rick kam sofort auf Emily zugelaufen und ließ seine Hände über die Beine des Wallachs gleiten.

»Er ist transportfähig. Lad ihn auf!«, sagte er zu Emily.

Einer der Polizisten war wieder aus dem Stall gekommen und stellte sich ihrem Onkel in den Weg. »Sie können ihn nicht einfach mitnehmen!«

Onkel Rick stemmte die Fäuste in die Hüften und starrte ihn an. »Sehen Sie sich dieses Pferd an! Sehen Sie es sich genau an!«

Der Polizist tat es und wurde blass.

»Und jetzt sagen Sie mir, ich darf es nicht mitnehmen!«, grollte Onkel Rick.

»Ich muss meinen Vorgesetzten anrufen«, sagte der Beamte und ging zu seinem Auto, als eine weitere Sirene in der Ferne erklang.

Emily atmete erleichtert auf.

»Weißt du, wie man die Rampe herunterlässt?«, fragte ihr Onkel.

»Ja.« Emily nickte.

Rick blickte zum Stall. »Wenn er nicht einsteigen will, dann warte auf uns. Klar?«

»Okay …«

Mehr konnte Emily nicht sagen, da war ihr Onkel schon im Stall verschwunden.

Der Wallach wartete geduldig, bis Emily die Rampe des Pferdeanhängers heruntergelassen hatte. Doch gerade als sie ihn hinaufführen wollte, tauchten zwei weitere Polizeifahrzeuge auf dem Hof auf. Die Beamten sprangen aus den Autos und rannten direkt in den Stall.

Emily musste den Wallach erst einmal im Kreis herumführen, damit er sich beruhigte.

Als sie ihn endlich verladen hatte und wieder aus dem Hänger kletterte, tauchte ihr Vater mit zwei weiteren Pferden auf. Hinter ihm trat Tante Debby mit noch einmal drei Pferden an der Hand aus dem Gebäude. Alle Tiere waren klapperdürr und drei von ihnen hatten blutige Wunden auf dem Rücken.

»Emily!«, rief Tante Debby. »Lass die Rampe herunter.«

»Debby, es gefällt mir nicht, dass Sie die Pferde hier einfach abtransportieren, der Besitzer wird zweifelsohne Anzeige erstatten«, sagte ein finster dreinblickender Polizist, der Debby hastig nach draußen gefolgt war.

»Verdammt noch mal, Jesse!«, fuhr Tante Debby ihn an. »Füllen Sie ein Formular aus, dass der Staat die Pferde wegen Vernachlässigung beschlagnahmt, tragen Sie Rick als Amtstierarzt ein und gehen Sie mir aus dem Weg!«

»So machen wir es!« Eine ranghohe Polizistin war hinter sie getreten. »Der Besitzer hat gerade einen Wassereimer nach mir geworfen. Wir werden ihn verhaften und seine Pferde beschlagnahmen.«

Tante Debby lächelte die Polizistin dankbar an. »Ich mag auch keine Leute, die Tiere misshandeln. Ich werde dafür sorgen, dass die Pferde offiziell unter deine Obhut kommen.« Sie ging zum Lkw und ließ die hydraulische Rampe herunter. »Und jetzt helfe ich euch, sie aufzuladen.«

»Hervorragend.« Tante Debby drückte Emily einen Strick in die Hand. »Bringen wir's zu Ende. Hier, die Stute ist furchtbar aufgeregt. Lauf ein bisschen mit ihr, damit sie sich vor dem Transport beruhigt.«

Emily nahm den Strick und betrachtete das Pferd, dessen Flanken tief eingefallen waren. Ihr verschlug es den Atem, als sie sah, dass die Stute hochtragend war. Der Riesenbauch trat zu beiden Seiten hervor, als hätte sie zum Frühstück ein Nilpferd verschluckt. Sie war wohl ein heller Fuchs, aber die genaue Farbe ließ sich, schmutzbedeckt wie sie war, nicht mehr feststellen. Ihre Beine waren bis zu den Sprunggelenken verdreckt, als hätte sie knietief im Mist gestanden, Rückgrat und Hüftknochen stachen spitz hervor. Sie hatte den Kopf hochgerissen, ließ das Weiße im Auge sehen und ihre Nüstern bebten.

»Du armes Ding!«, sagte Emily mit tränenerstickter Stimme.

Ein weiterer Pferdetransporter kam die Auffahrt herauf.

»Das sind Judy und Mark. Sie werden uns helfen«, sagte Tante Debby.

Die Stute schnaubte beim Anblick des Transporters und rollte mit den Augen. Emily zog rasch ihren Kopf herum und führte sie fort vom Stall. Die Stute tänzelte weiter und atmete hektisch.

»Okay, du musst dich beruhigen.« Emily kraulte ihren Hals und fing mit leiser Stimme an, besänftigend auf sie einzureden. »Ich werde dich Precious nennen, denn du bist ganz, ganz wertvoll, auch wenn dein Besitzer dich nicht so behandelt hat.«

Der Kopf der Stute fuhr herum, sie sah Emily an. Und plötzlich schnaubte sie laut und machte erschöpft den Hals lang.

»Na, also, es geht doch.« Emily fiel ein Stein vom Herzen.

Kapitel 14

Zweieinhalb Stunden später half Emily ihrem Vater, die Hängerrampe hinter Precious zu schließen. Sie wischte sich den Schweiß von der Stirn und sah sich auf dem nunmehr leeren Gelände um. Alle Pferde außer Precious waren schon auf der Wild Horse Ranch untergebracht, wurden geputzt und gefüttert und von Onkel Rick und Tante Debby untersucht. Die Polizisten waren fort und hatten den Besitzer ins Gefängnis gebracht.

Ein paar Leute vom Tierschutz waren da gewesen, um den Zustand der Tiere zu dokumentieren. Judi und Mark, Freunde von Debby, hatten angeboten, einige von ihnen in Pflege zu nehmen, doch Onkel Rick und Tante Debby hatten darauf bestanden, alle selbst zu betreuen, zumindest bis sie gründlich untersucht worden waren.

Die Ställe der Wild Horse Ranch waren bis auf den letzten Platz gefüllt. Sie hatten ein paar der gesünderen Pferde auf die Dauerweide gestellt, damit die kranken und verletzten Tiere in den Boxen untergebracht werden konnten.

Precious war die Letzte.

Emily ging noch einmal um den Hänger herum und prüfte die Sicherungsbolzen.

»Alles bereit.« Sie war todmüde.

»Dann lass uns abhauen«, erwiderte ihr Vater.

Emily humpelte zur Fahrerkabine und stieg ein. Scott setzte sich hinter das Lenkrad, startete den Motor und legte den ersten Gang ein. Ganz langsam, um Precious nicht unnötig zu stressen, ließ er den Wagen anrollen. Sie hatten die Trennwand herausnehmen müssen, damit die hochtragende Stute in den Hänger passte, und selbst jetzt war es noch ziemlich eng für sie.

Emily lehnte den Kopf an die Nackenstütze und schloss die Augen. »Ich bin so kaputt.«

»Wie fühlst du dich sonst?«, fragte ihr Vater.

Emily öffnete die Augen. »Ein bisschen von der Rolle«, gestand sie. »Der Stall war … schrecklich.«

Ihr Vater bog auf die Hauptstraße ein. »Ich weiß, es ist schlimm gewesen, all die vernachlässigten Tiere zu sehen. Aber jetzt sind sie in Sicherheit dank Trooper, der fortgelaufen ist und uns zu ihnen geführt hat. Er ist ein richtiger Held.«

Emily grinste. »Ist er wirklich, nicht wahr?«

Ihr Vater sah zu ihr herüber. »Wir vermuten, dass er sich das Bein verletzt hat, als er sich befreit hat. Aber die Wunde an seiner Hüfte ist schon bedeutend länger infiziert.«

Emily rieb sich das Kinn. »Also hat er sich verletzt, um all die anderen Pferde zu befreien?«

»So könnte man es sehen«, sagte ihr Vater lächelnd.

Emily dachte darüber nach. »Trooper hat eine Medaille verdient.«

Ihr Vater grinste. »Würde ihm bestimmt gefallen.«

»Denk ich auch. Ich glaube, ich werde ihm eine aus Karotten basteln, die er auffressen kann – und vielleicht auch aus Äpfeln.« Bei dem Gedanken, etwas für Trooper tun zu können, fühlte sie sich gleich besser. »Also, ähm, wenn ich nicht mit Saphir ausgeritten und runtergefallen wäre, hätten wir Trooper niemals gefunden, oder?«

Ihr Vater sah sie mit hochgezogenen Augenbrauen an. »Ob Debby das auch so sieht, kann ich dir nicht versprechen.«

Emily seufzte. »Ja, hab ich befürchtet.« Sie lehnte sich zurück und blickte aus dem Fenster, sah die Felder und Wiesen vorbeiziehen.

Da gab es plötzlich einen fürchterlichen Knall und das ganze Gespann erzitterte.

Emily war sofort klar, dass Precious im Anhänger randalierte. »Dad! Sie wird sich verletzen!«

»Du hast recht.« Ihr Vater zog nach rechts auf den Seitenstreifen und stieg auf die Bremse. Dann sprang er aus der Fahrerkabine und rannte nach hinten, während der Pferdehänger erneut unter Precious' Hufschlag bebte.

Kapitel 15

Ihr Vater riss die Jockeytür auf und verschwand im Anhänger, bevor Emily ihr Gipsbein aus den Führstricken und Anbindeseilen, die zwischen ihren Füßen lagen, befreien konnte. Der Hänger bebte erneut, als sie es endlich geschaffte hatte loszukommen. Mit klopfendem Herzen taumelte sie nach hinten.

Ihr Vater versuchte, Precious zu beruhigen. Die Stute hatte alarmiert den Kopf gehoben, Augen und Nüstern waren weit aufgerissen. Scott redete sanft auf sie ein und streichelte ihren Hals.

»Was ist los?«, fragte Emily.

»Sie hat Panik bekommen, hier drin so ganz allein, und hat ihr Halfter zerrissen.« Während ihr Vater sprach, senkte Precious den Kopf und hörte auf zu zittern. Sie schnaubte und schnupperte dann an dem Heunetz, das vor ihr hing.

Emily krabbelte in den Anhänger und kraulte Precious hinter den Ohren. »Ist okay, meine Süße. Wir sind gleich da.« Precious' Hals war schweißnass, ihre Muskeln waren angespannt. »Armes Ding. Wenn sie doch nur bis zur Ranch laufen könnte, aber das würde sie nicht schaffen!«

»Nein, das würde sie nicht schaffen.« Ihr Vater holte rasch ein Ersatzhalfter aus dem Wagen und zog es der Stute vorsichtig über den Kopf. Precious knabberte währenddessen hingebungsvoll an dem Heu.

Emily musste lächeln. »Sie hat Hunger.«

»Darauf kannst du wetten.« Ihr Vater band die Stute links und rechts an und klopfte sie. »Sie scheint sich beruhigt zu haben. Fahren wir weiter!«

Kaum hatten sie jedoch den Hänger verlassen, fuhr Precious' Kopf abermals in die Höhe, und ihnen blieb nichts anderes übrig, als schnell wieder in den Hänger zu klettern.

Scott rieb sich mit der Hand die Augen, und Emily wurde bewusst, wie müde er aussah. »Hast du letzte Nacht überhaupt geschlafen?«

»Nein.« Er seufzte. »Emily, ich glaube, wir schaffen es nur zur Ranch, wenn du hinten bei Precious bleibst.«

»Echt?« Emily schlang der Stute die Arme um den Hals. »Ich rühre mich nicht vom Fleck.«

»So geht das nicht.« Ihr Vater zog sie zur Seite. »Du bleibst hier an der vorderen Wand stehen.« Er quetschte sich an ihr vorbei zur Jockeytür und holte einen Strohballen von der Ladefläche des Pick-ups. Den legte er zwischen Emily und Precious' Vorderbeine. »Versuch nicht, sie festzuhalten, wenn sie in Panik gerät, und bleib außerhalb der Reichweite ihrer Hufe.« Er sah seine Tochter streng an. »Verstanden?«

»Ja, okay.«

Er kniff die Augen zusammen. »Versprochen?«

»Versprochen. Ehrlich.« Sie meinte es ernst. Sie wollte kein Risiko eingehen.

Er öffnete die beiden Luken im Anhänger. »Ruf mich, wenn du mich brauchst. Ich mache auch mein Fenster auf, dann kann ich dich hören.«

»Kapiert.« Emily lehnte sich an die Wand, als ihr Vater ausstieg und ihr einen letzten warnenden Blick zuwarf, bevor er die Tür schloss.

Precious sah Emily an und begann wieder zu fressen.

»Alles okay?«, rief ihr Vater von draußen.

»Ja, alles bestens.«

»Gut.« Sie hörte seine Schritte auf der Straße. Dann sprang der Motor an und das Gespann setzte sich langsam in Bewegung.

Was, wenn Precious wieder durchdrehte?, dachte Emily. »Du machst keinen Ärger, nicht wahr?«

Die Stute dachte jedoch gar nicht daran. Sie knabberte in aller Seelenruhe an ihrem Heu.

Als sie schließlich auf der Wild Horse Ranch ankamen, waren Emily und Precious schon beste Freunde.

Emily musste wieder daran denken, dass die trächtige Stute noch immer an diesem furchtbaren Ort wäre, wenn Trooper nicht gewesen wäre.

Emily schauderte und umarmte das Pferd, während ihr Vater die Rampe herunterließ. »Du bist in Sicherheit«, flüsterte sie.

Emily wich der Stute nicht von der Seite, als sie abgeladen und in einer Box untergebracht wurde. Und sie war erleichtert, als Onkel Rick schließlich verkündete, sie wäre zwar unterernährt, sonst aber in guter Verfassung.

Dann ging Emily zu Trooper. Er lag in seiner Box, die Vorderbeine unter den Körper gezogen, die Nase auf den Boden gestützt, seine Augen waren halb geschlossen. »Hey«, flüsterte sie, während sie die Boxentür öffnete und sich neben ihn setzte. Er ließ es sich gefallen, dass sie seine Stirn streichelte. Sie nahm eine Mohrrübe aus ihrer Jackentasche und hielt sie ihm unter die Nase. »Ich wollte dir nur erzählen, dass alle Pferde in Sicherheit sind, sogar Precious. Alles wird gut.« Er schnupperte an ihrer Hand. »Also mach dir keine Sorgen«, sagte Emily lächelnd, »und konzentrier dich darauf, selbst gesund zu werden. Und morgen habe ich eine Überraschung für dich.« Sie gähnte. Ihre Augen brannten und ihr Kopf fühlte sich schwer an.

Stöhnend stand sie auf. Bevor sie die Box verließ, fuhr sie mit der Hand noch mal über Troopers raues Fell, das inzwischen geputzt worden war. »Das hast du toll gemacht«, flüsterte sie. Er hob den Kopf und sie grinste. »Das weißt du selbst, nicht wahr? Und jetzt ruh dich aus.«

Sie schloss leise seine Boxentür und hinkte die Stallgasse hinunter zu Saphir. Als sie die Tür öffnete, sah sie einen frischen Verband an seinem Vorderbein. Sie wurde von Schuldgefühlen gepackt, als er leise wieherte und sich zu ihr umdrehte.

»Tut mir leid, dass du dich meinetwegen verletzt hast.« Er schnupperte an ihrer Faust und sie öffnete sie. »Ich habe meine ganzen Leckerlis an Trooper verfüttert. Das war doch okay, oder?«

Sie streichelte Saphirs Hals. Im Gegensatz zu Troopers Fell war seins samtweich. Ein Funkeln stahl sich in die dunklen Augen des Rappen, als er Emily mit einem Schubs zu Boden beförderte. »Hey«, sagte Emily empört, »mein dickes Bein interessiert dich wohl gar nicht!«

Saphir steckte den Kopf in den Wassereimer, hob ihn wieder und bespritzte Emily.

Sie lachte und wischte sich übers Gesicht, erstaunt, wie gut das Lachen tat. »Es war ein langer Tag«, sagte sie zu Saphir. »Ich wollte dich nur kurz sehen, jetzt geht's mir besser.«

Er schnaubte und untersuchte ihre Jeans.

»Keine Eiscreme heute, tut mir leid.« Sie rubbelte die weiße Blesse und lehnte den Kopf an die Wand, als er anfing, am Saum ihres T-Shirts zu knabbern. Seufzend schloss sie die Augen und atmete den Duft von frischen Sägespänen ein.

Sie lauschte dem gleichmäßigen Malmen von Saphirs Kiefer, als er sein Heu zu fressen begann, und seinem Schnauben, wenn ihm dabei der Staub in die Nase stieg.

Sie lächelte und auf einmal wurden ihre Lider ganz schwer. Sie schloss die Augen, nur für ein paar Minuten. Gleich würde sie wieder aufstehen …

Emily ritt Saphir anstelle von Bolero beim Turnier in Norfolk, und Bolero warf ihr aus der Ferne einen traurigen Blick zu …

»Em?«

Sie blinzelte und sah ihren Vater vor sich. Sie lag in Saphirs Box, hatte sich im Stroh zusammengerollt. »Dad? Was tust du hier?«

»Nach dir suchen. Es ist spät. Ich habe mir Sorgen gemacht.« Er zog sie hoch und nahm sie in die Arme. »Du hattest einen anstrengenden Tag, Schätzchen. Du musst ins Bett.«

Sie gähnte, zu müde, um dagegen zu protestieren, dass sie weggetragen wurde. Sie schlang die Arme um den Hals ihres Vaters und bettete den Kopf auf seiner Schulter. »Wie spät ist es?«

»Fast zehn.«

»Zehn?« Sie musste ein paar Stunden lang in Saphirs Box geschlafen haben. Sie gähnte. »Ich muss Troopers Medaille basteln.«

»Das kannst du morgen früh in Angriff nehmen.«

»Ja …« Emily ließ sich widerstandslos aus dem Stall tragen.

Sie spürte, dass ihr Vater sie auf die Stirn küsste, und lächelte schwach, als er flüsterte: »Ich hab dich lieb, Kleines.«

»Ich dich auch«, murmelte sie.

Unruhig warf sie sich im Schlaf hin und her. Sie träumte von Saphir und Trooper … und Precious … und dem schrecklichen Stall und ihrem Bein, das wehtat …

Schlagartig wurde sie wach, ihr Herz raste. Schweiß lief ihr den Rücken hinunter. Im Zimmer war es vollkommen dunkel. Sie lauschte in die Finsternis hinein und hörte die Stimme ihres Vaters, die von unten zu ihr hinaufdrang. In ihr schwang ein grimmiger Unterton mit.

Dann ergriff ihre Tante hitzig das Wort.

Die zwei stritten miteinander, schoss es Emily durch den Kopf. Ob sie der Auslöser des heftigen Wortwechsels war?

Sie sprang auf und schlich zur Tür, um zu lauschen.

Kapitel 16

Emily kroch auf allen vieren durch den Flur, bis sie den oberen Treppenabsatz erreichte. Scott, Debby und auch Rick waren direkt darunter im Wohnzimmer, ihre Stimmen drangen deutlich zu ihr hinauf.

»Es interessiert mich nicht, was es kostet!«, rief Tante Debby aufgebracht. »Wir müssen uns um diese Pferde kümmern. Das ist unsere Aufgabe.«

»Ich weiß, Liebes, aber wir haben nun *vierzig* Pferde mehr im Stall, für die niemand zahlt«, beschwichtigte Rick seine Frau. »Die staatlichen Zuschüsse, die wir für sie bekommen, decken nicht einmal einen Bruchteil der Kosten!«

»Wir kriegen das Geld schon irgendwie zusammen«, sagte Debby.

»Deb, diese Pferde gehören uns nicht, also werden wir sie auch nicht verkaufen können, um unser Geld zurückzubekommen. Sie werden uns einfach nur die Haare vom Kopf fressen.«

»Dann müssen wir Saphir eben jetzt schon verkaufen«, beharrte Tante Debby auf ihrem Standpunkt.

Emily hielt den Atem an und wäre fast die Treppe hinuntergefallen, als sie näher ans Geländer heranrobbte.

»Nein, das macht keinen Sinn«, sagte Onkel Rick. »Wir kriegen viel mehr Geld für ihn, wenn wir warten und ihn noch besser ausbilden.«

»Aber wir haben keine Wahl. Wir haben nicht genug Reserven, um den Laden am Laufen zu halten«, erwiderte Debby.

In diesem Moment mischte sich ihr Vater in das Gespräch ein. »Ich könnte mich um die Finanzen kümmern. Meine Firma läuft seit Jahren prima. Ich würde uns über Wasser halten.«

»*Uns?*«, fragte Tante Debby.

Uns?, dachte auch Emily.

»Uns«, antwortete ihr Vater, »ich habe die Hälfte der Ranch geerbt. Sie liegt mir auch am Herzen.«

»Aber du bist seit zehn Jahren nicht mehr bei uns gewesen.« Tante Debby klang überrascht. »Du hast dich überhaupt nicht darum gekümmert.«

»Das kann ich nicht leugnen. Ich habe mein eigenes Leben in New Jersey geführt. Aber wieder hier zu sein, zeigt mir, wie sehr ich an der Ranch hänge.«

Emily gefiel die Schwermut in der Stimme ihres Vaters nicht. Er klang so, als würde er nicht mehr nach New Jersey zurückwollen.

»Ich kümmere mich um die Finanzen. Es sei denn, ihr wollt nicht, dass ich mich einmische. Ich weiß, Deb, dass du die Ranch leitest, und so soll es auch bleiben.«

Emily presste sich die Hand auf den Mund, um einen Protestschrei zu unterdrücken. Wollte ihr Vater etwa das Geld, das er angespart hatte, um Bolero zu kaufen, in die Farm stecken?

»Deb«, ergriff Onkel Rick erneut das Wort, »Scott bietet uns finanzielle Unterstützung an, und wenn du diese Pferde behalten willst, solltest du nicht zögern und sie annehmen.«

Eine Minute lang war es still im Raum.

»Du willst uns wirklich bei den laufenden Kosten unter die Arme greifen?« Tante Debby klang so dankbar, dass Emily sich dafür schämte, das Geld für sich beansprucht zu haben.

»Natürlich«, sagte ihr Vater, »wir sind *eine* Familie.«

Familie? Emily kaute auf einer Haarsträhne, während sie über die Worte ihres Vaters nachdachte. Scott war ihre Familie. Theoretisch gehörten natürlich auch Tante Debby und Onkel Rick und deren Kinder dazu, aber sie waren für Emily eher Fremde.

»Danke, Scott«, sagte Onkel Rick.

»Kein Problem«, erwiderte ihr Vater.

Tante Debby lachte. Die Erleichterung war deutlich aus ihrer Stimme herauszuhören, als sie sagte: »Das werde ich dir nie vergessen, Scott!«

Emily hatte genug gehört. Sie schlich zurück in ihr Zimmer und krabbelte unter die Bettdecke. Inständig hoffte sie, dass Tante Debby Saphir nicht verkaufte und dass sie Bolero bekommen würde, sobald sie wieder zu Hause waren.

Zu Hause.

Vielleicht würde sie ihren Vater ja sogar dazu überreden können, Saphir *und* Bolero zu kaufen. Aber wie sie ihren Vater kannte, würde er sie vor die Wahl stellen: Saphir oder Bolero? Die Entscheidung würde ihr jedoch leichtfallen. Es würde Bolero werden … oder etwa nicht? Sie biss sich auf die Lippe, als ihr bewusst wurde, dass die Antwort doch nicht so einfach war, wie sie gedacht hatte.

Emily stand zeitig am nächsten Morgen auf, um die Medaille für Trooper zu basteln. Sie hatte die Apfelschnitze gerade sternförmig vor sich ausgebreitet, als Kathleen im Schlafanzug in die Küche geschlurft kam.

Ihre Cousine gähnte und ließ sich auf einen Stuhl fallen. »Was machst du denn da?«

»Das wird ein Geschenk für eins der Pferde.«

»Welches?«

»Trooper.«

Kathleen runzelte die Stirn. »Kenn ich gar nicht.«

»Ist neu hier.«

»Oh.« Kathleen zuckte mit den Achseln. »Spielst du heute mit mir in der Höhle?« Sie schaute Emily hoffnungsvoll an.

»Ja, auf jeden Fall«, erwiderte Emily lächelnd.

»Echt? Wann denn?«

»Nach dem Mittagessen, okay?«

»Cool!« Kathleen sprang vom Stuhl und rannte die Treppen hinauf zurück in ihr Zimmer.

Emily wandte sich wieder Troopers Medaille zu und stellte zu ihrer Verwunderung fest, dass sie sich darauf freute, den Nachmittag mit ihrer kleinen Cousine zu verbringen.

Nachdem die Medaille fertig war, lief sie in den Stall. Sie fand Troopers Box jedoch leer vor. Stirnrunzelnd blickte sie die Stallgasse hinunter. War er auf die Koppel gebracht worden?

»Emily?«, ertönte plötzlich die Stimme ihrer Tante hinter ihr.

Emily drehte sich um. Schweißperlen bildeten sich auf ihrer Stirn. Würde ihre Tante jetzt mit ihr über den heimlichen Ausritt mit Saphir sprechen?

Kapitel 17

Emily spürte, dass ihre Wangen zu glühen begannen, während sie darauf wartete, eine Lektion erteilt zu bekommen. »Wo ist denn Trooper?« Sie hielt die Medaille hoch. »Ich habe das hier für ihn gemacht. Es ist eine Ehrenmedaille dafür, dass er all die Pferde gerettet hat.«

Das Gesicht ihrer Tante verfinsterte sich und Emilys Magen zog sich zusammen.

»Komm mal kurz mit.« Debby legte ihr den Arm um die Schultern. Sie führte sie zu einem Heuballen und forderte sie auf, sich hinzusetzen.

Was hat das jetzt zu bedeuten, dachte Emily.

»Das ist lieb von dir, dass du für Trooper eine Medaille gebastelt hast«, ergriff Deb schließlich das Wort.

Emily legte das Geschenk auf ihren Schoß. »Er hat es verdient.«

»Ganz bestimmt.« Tante Debby sah Emily mit trauriger Miene an. »Schätzchen, Troopers Verletzung an der Flanke war böse infiziert und sein Bein war gebrochen. Es war unglaublich, wie weit er damit noch gekommen ist.« Sie hielt inne.

Emily nickte. »Deshalb habe ich ihm ja die Medaille gemacht.«

»Ja.« Tante Debby räusperte sich. »Weißt du, Trooper hatte sein Ziel erreicht, er musste nicht weiterkämpfen.«

Ein fürchterliches Gefühl stieg in Emily auf. Sie starrte ihre Tante an. »Wie meinst du das?«

»Er ist heute früh gestorben.«

Tränen quollen aus Emilys Augen. »Er ist *tot*?« Ihr versagte die Stimme. Sie hielt die Medaille in ihrer Hand fest umklammert.

Tante Debby drückte sie an sich. »Ja, das tut mir sehr leid.«

Die Tränen liefen über Emilys Gesicht und der Schmerz zog ihr die Brust zusammen. »Aber er kann doch nicht sterben …«

»Er hat alle seine Freunde gerettet, und jetzt musste er an einen Ort gelangen, wo ihm nichts mehr wehtut.«

Emily starrte in die leere Box und musste noch heftiger weinen. »Aber … aber ich hab ihm die Medaille gemacht …«

»Ach, Liebling.« Tante Debby schlang beide Arme um sie und drückte sie an sich.

Emily barg das Gesicht in dem T-Shirt ihrer Tante und klammerte sich an sie.

»Aber die anderen Pferde werde ich retten, versprochen. Und dafür werde ich Hilfe brauchen. Bist du dabei?«, fragte Debby.

Emily schluckte schwer und setzte sich gerade hin. Tante Debbys Hand lag auf ihrem Rücken. »Ja.«

Deb lächelte. »Das ist toll. Dann fangen wir doch gleich an. Wie wäre es, wenn du die Pferde einmal durchputzt?«

Emily nickte und schniefte erneut. »Das kriege ich hin.«

»Noch zwei Sachen. Wenn ein Pferd einbandagiert ist, hol vorher deinen Vater, Onkel Rick oder mich dazu, okay? Und wenn ein roter Punkt an der Box klebt, dann heißt das, dass das Pferd bösartig ist.«

»Ich würde auch bösartig werden, wenn ich im Mist vor mich hin vegetieren müsste und mich keiner füttert.«

Tante Debby umarmte sie noch einmal. »Das würden wir wohl alle. Und jetzt los, du hast eine Menge Arbeit vor dir!«

Emily stand auf, wobei sie immer noch Troopers Medaille umklammerte.

»Und, Emily?« Der Tonfall in der Stimme ihrer Tante hatte sich mit einem Mal verändert. »Bevor ich es vergesse.«

Emily wurde ganz heiß.

»Hast du gesehen, dass Saphir verletzt ist?«

Sie biss sich auf die Lippe. »Ja.«

»Das war deine Schuld.«

Emily brachte kein Wort heraus und nickte nur.

»Damit wir uns richtig verstehen«, sagte Tante Debby, »bevor du nicht etwas mehr Verantwortungsbewusstsein entwickelt hast, wirst du außerhalb meiner Unterrichtsstunden nicht mehr reiten. Und ich möchte, dass du dich von Saphir fernhältst. Klar?«

»*Was?*« Wieder schossen Emily Tränen in die Augen. »Aber …«

»Kein Aber«, fiel ihre Tante ihr ins Wort. »Und nun mach dich an die Arbeit.«

Emily spürte, wie ihre Unterlippe zu zittern begann. Tante Debby wollte Verantwortungsbewusstsein sehen! Dann würde sie ihr eben zeigen, dass sie Verantwortung übernehmen konnte. Sie würde sich so gut um Troopers Freunde kümmern, dass Deb zugeben musste, sie falsch eingeschätzt zu haben.

Kapitel 18

Am Spätnachmittag ließ sich Emily stöhnend auf einen Heuballen fallen. Sie hatte bereits sieben Pferde gewaschen und die Schmerzen in ihrem Bein waren kaum noch zu ertragen! Sie musste aber weitermachen, Trooper zuliebe.

»Bist geerdet, was?«

Emily hob den Kopf und seufzte, als sie Alison an der Boxentür stehen sah, die Ellbogen aufgestützt und das Kinn in den Händen.

»Machst du dich über mich lustig?«

Alisons Augenbrauen schossen in die Höhe. »Warum sollte ich?«

»Weil du mich nicht leiden kannst.«

»Wer sagt das?«, fragte Alison.

Emily runzelte die Stirn und legte Precious den Arm über den Rücken, um sich abzustützen und ihr Bein zu entlasten. »Du hast kaum ein Wort mit mir geredet, seit ich hier bin!«

»*Du* hast nicht mit *mir* gesprochen!«

»Was? Wie kommst du denn darauf?«

Sie starrten einander an und mussten plötzlich beide kichern.

»Ich dachte wirklich, dass du mich nicht leiden kannst«, gestand Emily.

»Und ich habe geglaubt, dass du dich für was Besseres hältst«, sagte Alison. »Aber jetzt, wo du dich den ganzen Tag lang hier draußen bei den Pferden abgeschuftet hast … Na ja, das find ich schon ziemlich cool.«

Emily grinste. »Wirklich?«

»Ja, du musst uns ja schließlich nicht helfen«, sagte Alison schulterzuckend. »Das ist schwer in Ordnung.«

Emily spürte, wie ihre Wangen zu glühen begannen. »Eigentlich wollte ich …«

»Schon klar.« Dann verblasste Alisons Lächeln. »Hast du von Trooper gehört?«

Emily schluckte hart. »Ja, das ist schrecklich.«

»Hm.« Alison fummelte an einem Heuhalm herum, der an der Tür gesteckt hatte. »Er hat mich an mein erstes Pony erinnert, sah genauso aus.«

»Echt? Wie hieß es?«

»Sammy.« Alison lächelte. »Es war furchtbar. Ich bin zehnmal am Tag von ihm runtergefallen.«

»Ist es dann noch hier auf der Ranch?«, wollte Emily wissen.

»Nein, wir haben es verkauft.«

»Oh.« Emily kratzte Precious am Widerrist. »Meinst du, dass deine Mom Saphir auch verkaufen wird?«

»Mit Sicherheit. Sie rechnet mit dem Geld, seitdem sie ihn bekommen hat. Es gibt sogar schon ein Angebot aus Kalifornien.« Alison sah sie eindringlich an. »Mich wundert, dass sie dich überhaupt noch in den Stall lässt. Sie ist ausgeflippt, als sie Saphirs dickes Bein gesehen hat.«

Emily rieb Precious' nasses Fell mit einem Handtuch ab. Wieder quälten sie Schuldgefühle. »Kathleen hat mir erzählt, dass du letzten Monat auch geerdet warst. Was hattest du denn angestellt?«

»Ich war auf dem Springplatz als niemand zu Hause war.«

Emily warf ihr einen ungläubigen Blick zu.

»Mom ist ausgerastet. Was, wenn ich runtergefallen wäre und mich verletzt hätte und niemand wäre da gewesen, um mir zu helfen.« Alison verdrehte die

Augen und schob sich den Heuhalm zwischen die Zähne. »Ich fall ständig runter, wen interessiert's?«

»Eben. Runterfallen ist kein großes Ding.«

»Außer, wenn du dich verletzt.« Alison blickte auf Emilys Gipsbein. »Tut's weh?«

»Mörderisch«, gab Emily zu.

»Warum liegst du dann nicht auf dem Sofa?«

Emily zog die Augenbrauen hoch. »Ich habe zu tun.«

Alison grinste und sagte: »Letztes Jahr hab ich mir den Arm gebrochen. Das konnte mich aber auch nicht vom Reiten abhalten.«

»Ich hab mir vor zwei Jahren kurz vor einem wichtigen Turnier zwei Finger gestaucht«, erzählte Emily. »Obwohl sie ganz geschwollen waren, bin ich mitgeritten und sogar Dritte geworden.« Emilys Augen funkelten. »Und vor drei Jahren bin ich mit Badelatschen gestolpert und hab mir vier Knochen im Fuß gebrochen. Saß am nächsten Tag aber schon wieder im Sattel.«

»Mit Steigbügeln?«

»Ohne.«

»Anders geht's nicht.«

»Nein.«

Alison lächelte und Emily wurde warm ums Herz. Ihre Cousine mochte eine wilde Reiterin sein, aber in mancher Hinsicht waren sie einander sehr ähnlich.

»Ich werde Tante Debby beweisen, dass sie mir vertrauen kann«, sagte Emily bestimmt. Sie musste einfach einen Weg finden, Saphir reiten zu dürfen.

Sie musste!

Kapitel 19

Wütend lief Emily in den Stall. Sie hatte sich zwölf Stunden lang um die neuen Pferde gekümmert, und trotzdem hatte ihr Tante Debby nicht erlaubt, Saphir zu besuchen. Sie brauchte Hilfe. »Dad!«

Ihr Vater hatte eines der neuen Pferde an beiden Seiten des Ganges angebunden und schnitt ihm die Hufe aus. Scott kannte sich besser mit Pferden aus, als Emily es jemals für möglich gehalten hatte!

Ihr Vater blickte kurz auf. »Was gibt's, Em?«

Sie stellte sich neben ihn und streichelte das Pferd. Als sie die Rippen unter dem Fell spürte, musste sie seufzen. »Ich hab letztens euer Gespräch spätabends gehört. Darüber, dass die Ranch Geld braucht und so Sachen …«

Ihr Vater sah sie streng an. »Du sollst nicht lauschen!«

»Weiß ich, aber …« Verlegen strich sich Emily eine Haarsträhne aus dem Gesicht.

Er zog die Augenbrauen hoch. »Emily …«

»Na egal. Wir wär's, wenn du Saphir kaufen würdest? Dann hätten Tante Debby und Onkel Rick genug Geld und Saphir könnte bleiben. Oder wir nehmen ihn mit nach New Jersey, wenn wir heimfahren.« Sie hielt den Atem an, ihr Herz pochte.

Scott setzte den Huf des Pferdes ab und bedachte sie mit einem nachdenklichen Blick. »Sagst du das, weil Tante Debby dich nicht mehr zu ihm lässt?«

»Es ist unfair! Ich hab einen Fehler gemacht und sie verbietet mir alles! Du weißt, dass ich verantwortungsbewusst bin!«

»Mit ihm auszureiten, war nicht verantwortungsbewusst.«

»Aber …«

»Aber?«, unterbrach er sie. »Da gibt es kein Aber.«

Emily stemmte trotzig die Hände in die Hüften.

»Tante Debby hat dir den Umgang mit Saphir verboten, weil sie nicht davon überzeugt ist, dir trauen zu können.«

Tränen quollen aus Emilys Augen. Normalerweise war ihr Vater immer auf ihrer Seite.

Er nahm sie bei den Schultern und zog sie an sich. »Liebling, das Reitverbot gilt ja nicht für immer. Lass Deb etwas Zeit.« Er schaute ihr ins Gesicht. »Emily, seit wir hier sind, ist mir klar geworden, wie wichtig es ist, eine Familie zu haben.«

Emily richtete sich kerzengerade auf. Was kam denn jetzt?

»Ich habe gemerkt, dass es dir guttut, auf der Ranch zu sein, dass sich auch mal jemand anders um dich kümmert.«

Erst wollte Emily widersprechen, doch dann erinnerte sie sich daran, wie schön es sich angefühlt hatte, als Tante Debby sie in den Arm genommen hatte, als sie so traurig gewesen war wegen Trooper. Und auch das Gespräch mit Alison hatte ungeahnte Empfindungen in ihr ausgelöst. Seitdem fühlte sie sich als Teil von etwas Größerem, an einem Ort, wo sie hingehörte – vielleicht. »Also, wirst du Saphir kaufen?«

Er schaute ihr fest in die Augen und zerzauste ihr Haar. »Nein, das werde ich nicht. Und jetzt ab mit dir, ich hab noch einiges zu erledigen.«

Aufgewühlt durch das Gespräch mit ihrem Vater, verließ Emily den Stall und lief prompt in Meredith hinein, die gerade dabei war, Saphirs geschwollenes Bein zu kühlen.

Emilys Herz machte einen Sprung. Saphirs Fell glänzte wunderschön in der Sonne. Sein üppiger Schopf tanzte über die Stirn und ließ ihn aussehen wie einen großen Teddybären.

Eifersucht stieg in ihr auf, als Meredith kicherte und Saphir klopfte.

Plötzlich riss der Hengst den Kopf hoch und sah Emily direkt an. Er spitzte die Ohren, und es verschlug ihr den Atem, wie majestätisch er aussah, mit hoch erhobenem Kopf und vollem Schweif. Dann wieherte er leise.

Emily lächelte und Wärme breitete sich in ihrem Körper aus. »Hallo, mein Schöner«, flüsterte sie.

Saphir starrte sie noch einen Moment lang an, dann senkte er den Kopf und zerrte so heftig am Strick, dass Meredith mit einem Aufschrei im Kies landete und den Führstrick losließ.

Saphir trottete Emily entgegen, blieb vor ihr stehen und drückte seine Stirn an ihren Bauch.

Emily schlang ihm die Arme um den Kopf und legte die Wange an seine Stirn. »Du hast mir so gefehlt, Saphir!«

»Ich habe noch nie erlebt, dass er von sich aus zu jemandem hingegangen ist«, sagte Meredith, während sie wieder auf die Füße kam. »Hast du die Taschen voller Leckerlis?«

Emily musste lächeln. »Keine Leckerlis.« Sie ließ die Hände über Saphirs Ohren gleiten und staunte, wie weich sie waren.

Meredith stützte eine Hand in die Hüfte. »Jetzt bin ich aber eifersüchtig. Wenn er doch nur so an mir hängen würde!«

Emilys Lächeln wurde breiter. »Du glaubst, er mag mich?« Saphir stupste sie sanft und sie kraulte ihn hinter den Ohren.

»Na sicher. Das sieht doch ein Blinder.« Sie schaute Emily aus zusammengekniffenen Augen an. »Wie schade, dass du dich im Moment nicht um ihn kümmern darfst!«

»Schrecklich.« Emily seufzte und wechselte schnell das Thema. »Bist du schon oft auf ihm geritten?« Sie legte die Wange an Saphirs Fell.

»Ein paarmal.« Meredith kam herüber und richtete den Wasserstrahl auf den geschwollenen Fesselkopf.

»Bist du etwa mit ihm gesprungen?«, fragte Emily aufgeregt.

Ein breites Grinsen erschien auf Merediths Gesicht. »Ja, das war *irre*!«

»Oh!« Emily griff sich mit der Hand ans Herz. »Ich bin so neidisch!«

Merediths Augen funkelten. »Er ist ein großartiges Springpferd, reißt die Beine bis unter den Bauch und gibt den Rücken her.«

»Gibt den Rücken her?«, fragte Emily. »Was bedeutet das?«

»Er springt mit ganz tiefer Nase. Die Sätze sind nicht immer leicht zu sitzen, aber egal …« Meredith seufzte. »Er ist so toll anzusehen.«

»Ja!« Emily schnappte sich Saphirs Führstrick und drückte ihn an die Brust.

»Und hast du die Äpfel auf seinem Fell gesehen?«

Emily floss das Herz über. »Die sind das Beste, lauter runde Flecken, genau auf der Kruppe! Das sieht toll aus, wenn die Sonne draufscheint. Und wie er den Hals wölbt!«

»Ja, er ist einfach ein Schicker! Und guck dir bloß diese süßen, kleinen Ohren an, wie weich die sind!«

»Meredith!«

Sie fuhren herum und sahen, dass Onkel Rick den Kopf aus dem Fenster von Precious' Box steckte.

»Ja?«, fragte Meredith. »Was gibt's?«

»Ich brauche Hilfe bei der Stute, kannst du mal eben kommen?«

Meredith dachte kurz nach, dann lächelte sie Emily an. »Ist es okay, wenn Emily Saphir wegbringt?«

»Ist mir egal. Komm jetzt, du musst sie festhalten.« Ricks Kopf verschwand wieder und Emily und Meredith starrten noch eine Sekunde lang auf die leere Fensterhöhle.

Dann wechselten sie einen Blick und grinsten.

Emily quietschte »Du bist die Beste!« und umarmte Meredith.

»Und du bist mir was schuldig.«

»Absolut!« Emily lehnte sich gegen Saphirs Schulter, während Meredith in den Stall rannte, um Onkel Rick zu helfen.

Emily schlang Saphir die Arme um den Hals und genoss den Augenblick mit ihm in der Sonne. Sie fühlte sich ihm in diesem Moment genauso nah wie bei ihrem Ausritt über die Felder.

Sie atmete noch einmal tief den Duft seines Fells ein und setzte sich anschließend in Bewegung.

Plötzlich blieb sie vor Schreck wie angewurzelt stehen. Hatte sie gerade Tante Debbys Stimme gehört?

Auch wenn sie Onkel Ricks Erlaubnis hatte, Saphir zurück in die Box zu führen, hatte sie das Gefühl, etwas Verbotenes zu tun.

Als Tante Debby nicht auftauchte, führte sie Saphir zur Vorratskammer, um ein trockenes Handtuch und zwei Bandagen zu holen. Kaum hatte sie Saphir zwei Sekunden aus den Augen gelassen, hatte sich dieser eine Tüte mit Leckerlis geschnappt, aufgerissen und über den Boden verstreut.

»Du bist so ein Frechdachs!« Sie nahm ihm die offene Tüte weg, fischte ein paar Leckerlis heraus und beeilte sich dann, ihn in seine Box zu bringen.

Sie band ihn vorschriftsmäßig links und rechts an und rubbelte sein Fell trocken. Die Schwellung am Fesselkopf war kaum noch zu sehen, stellte sie fest, als sie das Bein bandagierte. Außerdem fühlte es sich nicht mehr heiß an.

Vor Erleichterung wurden ihr die Knie weich. Sie hockte sich in die Sägespäne, die Stirn an sein Bein gedrückt. *Er wird wieder gesund werden!*

Er stupste sie und sie hob den Kopf. »Ich hab dich lieb, weißt du?«

Saphirs Lippen wanderten auf der Suche nach Eiscreme über ihre Hose. Sie lächelte und streichelte seine

Blesse. »Ich würde gern noch bleiben, aber ich glaube, es ist besser, wenn ich dich jetzt allein lasse.«

Sie drückte den Rücken durch, stand auf und band Saphir los. Dann umarmte sie ihn und versprach, so bald wie möglich wiederzukommen. Schließlich schlüpfte sie aus seiner Box – und wäre fast gestorben vor Schreck, als sie Tante Debby ihren Namen sagen hörte.

Kapitel 20

Emily zuckte zusammen und drehte sich ruckartig um. Ihre Tante stand direkt hinter ihr. »Onkel Rick hat mich gebeten, ihn für Meredith wegzubringen«, plapperte sie sofort drauflos. »Er brauchte ihre Hilfe.«

Ihre Tante warf ihr einen scharfen Blick zu. »Emily, das ist egal. Du kanntest mein Verbot, und es lag in deiner Verantwortung, dich daran zu halten. Du hättest jemand anderen für Saphir finden oder besser noch deinem Onkel anstelle von Meredith helfen können.«

Emily biss sich auf die Lippe, als ihr klar wurde, dass ihre Tante recht hatte. Sie hätte nicht mal daran denken sollen, Saphir zurück in die Box zu bringen! Sie starrte auf den Boden, um dem strengen Blick ihrer Tante zu entgehen.

»Das glaube ich jetzt nicht!«, rief Debby da.

Emily blickte auf und sah mit Schrecken, wie Saphir den Riegel seiner Tür mit Lippen und Zähnen öffnete. »Saphir!« Sie rannte zu ihm herüber und schob den Sicherungsbolzen vor die Boxentür.

»Ich sage das jetzt zum letzten Mal, Emily. Halt dich von Saphir fern!« Damit drehte sich Debby um und ging.

Emily starrte ihr nach. »Aber …«

Doch ihre Tante war schon fort.

Eine schwere Hand legte sich auf ihre Schulter. Scott war neben sie getreten.

»Versuch, Tante Debby zu verstehen. Sie ist zurzeit ziemlich angespannt, weil es nicht gut um die Ranch steht. Sie gibt ihr Bestes, um die richtigen Entscheidungen zu treffen.«

»Warum lässt sie ihren Ärger dann immer an mir aus?«

»Das tut sie nicht.« Ihr Vater blieb an der Leiter zum Heuboden stehen. »Lass uns reden! Komm mal mit hier rauf.«

Emily folgte ihm und sog den Duft frischen Heus ein. Die Ballen waren bis zur Decke gestapelt, wodurch der Raum eine wunderbar heimelige Atmosphäre ausstrahlte.

Ihr Vater deutete auf eine große Flügeltür, durch die das Heu auf den Boden gebracht wurde. Er stieß sie auf, setzte sich auf die Schwelle und ließ die Beine baumeln. Dann klopfte er auf den Boden neben sich.

Emily stützte sich auf seiner Schulter ab, während sie sich vorsichtig hinsetzte, bemüht, mit ihrem Gipsbein nicht das Gleichgewicht zu verlieren.

»Herrliche Aussicht, nicht wahr?«, sagte er.

Emily ließ ihren Blick über die Landschaft schweifen. Hier gab es sanft geschwungene Hügel und saftige grüne Wiesen, so weit das Auge reichte. Und am Horizont erhob sich ein Berg mit einem schneebedeckten Gipfel. Der Anblick war wirklich magisch.

»Tante Debby hat Angst, das alles zu verlieren. Verstehst du jetzt, warum sie sich so aufregt?«

Emily nickte, der Gedanke presste ihr das Herz zusammen.

»Debby hat recht«, sagte Scott.

Emily sah ihren Vater an. »Womit?«

»Großvater hat sich immer mehr um die Pferde als ums Geschäft gekümmert. Die Farm ist heruntergekommen. Und die vielen neuen Pferde reißen ein zusätzliches Loch in die Kasse. Es ist nicht unwahrscheinlich, dass Deb die Ranch aufgeben muss.«

Emily ließ auch die Beine baumeln und sah zu, wie kleine Heubüschel hinuntersegelten. »Was wäre dann mit den Pferden, wenn es die Farm nicht mehr gibt?«

»Keine Ahnung.«

Emily biss sich auf die Unterlippe. »Aber Precious und die anderen brauchen uns doch.«

Ihr Vater lächelte. »Das weiß ich, Liebling. Verstehst du jetzt, warum Tante Debby so hart mit dir ist? Sie ist eine tolle Frau, die versucht, das Beste aus der momentanen Situation zu machen.«

Emily zuckte mit den Achseln. »Kann schon sein, aber dass die Lage so ist, wie sie ist, ist nicht meine Schuld.«

»Natürlich nicht.« Er stieß einen tiefen Seufzer aus. »Sie mag dich, Em«, fuhr er fort, »das solltest du wissen.«

Emily sah ihren Vater an. »Weißt du, dass sie von irgendwelchen Leuten aus Kalifornien ein Angebot für Saphir hat?«

»Ja.« Er nickte.

»Können wir ihn nicht kaufen?«, bettelte Emily.

»Nein und bitte verursache Deb nicht noch mehr Stress.« Er lächelte. »Ich weiß, dass dir das schwerfällt, aber probier es wenigstens.«

Sie nickte. »Das schaffe ich.«

Er legte ihr den Arm um die Schultern und drückte sie. »Ich weiß, dass du das kannst.«

Sie lehnte sich an ihn und legte den Kopf an seine Schulter, während sie ihren Blick über die Landschaft schweifen ließ. »Dad?«

»Hm?«

»Kathleen sagt, dass Tante Debby sich wünscht, wir würden für immer hierbleiben. Stimmt das?«

Eine Minute lang sagte ihr Vater nichts. »Warum?«, fragte er schließlich. »Möchtest du denn bleiben?«

Sie kaute auf ihrer Unterlippe herum. »Ich weiß nicht. Ich hab noch nicht wirklich darüber nachgedacht. Und du?«

»Manchmal will ich das schon. Ich hatte ganz vergessen, wie sehr ich das alles hier einmal geliebt habe.«

Emily rückte ein Stück von ihrem Vater ab und sah ihn eindringlich an. »Warum hast du mir eigentlich nie etwas von der Wild Horse Ranch erzählt?« Sie berührte seine Bartstoppeln, die unter ihren Fingern kratzten. »Hey, rasierst du dich nicht mehr? Du siehst aus wie ein Cowboy.«

Scott rieb sich das Kinn und grübelte über eine Antwort nach. Dann sagte er: »Als deine Mutter und ich von hier fortgegangen sind, wollte ich viel Geld verdienen und ein anderes Leben führen. Ich hatte das Landleben satt und hab mich für meine Herkunft ein bisschen geschämt.«

»Geschämt?« Emily fiel es schwer sich vorzustellen, dass ihr Vater sich wegen irgendetwas schämte. Er war immer selbstsicher, so sehr, dass Emily manchmal überlegte, ob er ihre Gefühle überhaupt verstand, wenn sie wegen irgendwelcher Geschichten im Stall verunsichert war. »Wirklich?«

»Wirklich.« Er sah sie an. »Und dann ist deine Mutter gestorben – und ich wollte nicht, dass die Ranch mich ständig an ihren Tod erinnert, deshalb habe ich sie hinter mir gelassen.« Er seufzte. »Aber jetzt, wo ich zurück bin, bereue ich, das alles zehn Jahre lang außen vor gelassen zu haben. Und ich bereue es auch, dich nicht zu einem Teil von alldem gemacht zu haben.«

»Oh.« Emily hatte die Augen weit aufgerissen.

Er begann, auf einem Heuhalm zu kauen. »Mir ist in den letzten Tagen bewusst geworden, was für ein toller Ort zum Aufwachsen die Ranch gewesen ist. Und manchmal denke ich, hier zu leben, könnte auch für dich gut sein.«

Emily schnappte nach Luft. »Du überlegst wirklich, hier zu leben?«

»Nicht für immer, aber für ein Weilchen. Vielleicht. Ich habe noch keine Entscheidung getroffen. Das werden wir beide gemeinsam tun. Aber momentan wird unsere Hilfe gebraucht. Wäre es denn okay für dich, noch etwas zu bleiben?«

»Ich weiß nicht.« Sie runzelte die Stirn. »Zu Hause sind meine Freunde und Bolero …« Aber hier war Saphir und hier war Kathleen und Alison hatte sie inzwischen auch ins Herz geschlossen. *Und* hier gab es einen Stall voller Pferde, die sie brauchten. Es würden noch Monate vergehen, bis Troopers Freunde wieder auf den Beinen waren.

Er tätschelte ihr Knie. »Es ist zu früh für eine Entscheidung. Wir hängen einfach noch ein paar Tage dran, und danach werden wir weitersehen. Meine Firma kann ich auch von hier aus leiten. Okay?«

»Ja, okay.« Sie machte es ihrem Vater nach und steckte sich einen Heuhalm zwischen die Zähne.

»Und so lange nerv Tante Debby bitte nicht«, fügte er hinzu.

Sie grinste. »Wie schon gesagt, ich werde mein Bestes geben.«

Er lachte und drückte sie an sich. »Das weiß ich. Das gehört ja zu den Sachen, die ich an dir mag, Em. Tante Debby wird sich an deine Art gewöhnen, ganz bestimmt. Lass ihr bloß etwas mehr Zeit!«

Emily salutierte. »Zu Befehl.«

Sie kuschelten sich aneinander und sahen dem Sonnenuntergang zu. Es war ein atemberaubender Anblick. Der Himmel färbte sich rot, und die Sonne tauchte die Bäume in ein sattes Orange, bevor sie hinter den Hügeln versank.

Was die Zukunft auch bringen wird, dachte Emily, gemeinsam mit ihrem Vater würde sie alles schaffen.

Kapitel 21

Emily kam an diesem Abend zu spät zum Essen, weil sie noch Precious geputzt hatte. Allmählich wurde das Fell der Stute weicher und es bekam eine hübsche, leuchtende Fuchsfarbe. Precious war ein süßes Pferd – aber es sah so erbärmlich aus, kugelrund und klapperdürr zugleich, sodass Emily besonders viel Zeit mit ihm verbrachte.

Als sie sich erschöpft auf ihren Platz am Küchentisch fallen ließ, hatten die anderen schon halb aufgegessen.

Ihr Vater verdrehte die Augen. »Schaffst du es diese Woche eigentlich auch *einmal,* pünktlich zu sein?«

Emily stach grinsend die Gabel in den Hackbraten. Sie wusste, dass Scott nicht ernsthaft böse war. »Hab die Zeit vergessen. Hab Precious gestriegelt.« Sie sah sich am Tisch um und lächelte Alison zu. »Hi.«

Alison nickte. »Selber hi.«

Kathleen zupfte Emily am Ärmel. »Dein Gesicht ist dreckig. Mom mag es nicht, wenn wir ungewaschen zum Essen kommen.«

»Oh, Entschuldigung.« Emily rieb sich beschämt das Gesicht mit der Serviette ab. »Nächstes Mal wasch ich mich.«

Kyle ignorierte Emily. Stattdessen deutete er mit seiner Gabel zum Fenster. »Da ist Max.«

Emily fuhr herum. Der alte Schimmel ihres Grandpas hatte seinen Kopf zum Küchenfenster hereingestreckt und sah ihnen mit gespitzten Ohren und hoffnungsvollem Blick beim Essen zu.

Emily riss überrascht die Augen auf. »Macht er das öfter?«

Debbys Gesicht wirkte mit einem Mal ganz traurig. »Pa hat ihn immer von seinem Teller gefüttert.«

»Das übernehme ich heute!« Kathleen sprang vom Tisch auf, schnappte sich ihren Salatteller, rannte hinüber zum Fenster und hielt ihn dem Schimmel unter die Nase. Sofort begann Max, an den Salatblättern zu knabbern.

»Pass auf, dass er nicht in den Teller beißt!«, warnte Onkel Rick.

»Er hat noch niemals in den Teller gebissen!«, rief Kathleen lachend.

Tante Debby räusperte sich. »Emily, die letzte Woche war sehr stressig, deshalb haben wir nicht regelmäßig zusammen zu Abend gegessen, aber in der Regel ist uns das sehr wichtig. Das ist oft die einzige Gelegenheit, gemeinsam an einem Tisch zu sitzen. Deshalb würde ich es begrüßen, wenn du in Zukunft pünktlich wärst.«

»Sorry. Das wusste ich nicht.« Emily zog den Kopf ein, starrte auf ihren Teller und spürte, dass ihre Wangen zu glühen begannen. Sie war es gewohnt, dann zu essen, wenn sie hungrig war. Zu Hause in New Jersey gab es keine festen Abendbrotzeiten.

»Deb, sie kennt das nicht«, sagte ihr Vater und Emily warf ihm einen erleichterten Blick zu.

»Fertig!«, verkündete Kathleen, marschierte zum Tisch zurück und stellte zufrieden den leeren Salatteller ab. Dann nahm sie ihren Bratenteller und wollte auch damit zum Fenster gehen.

»Kathleen«, hielt Onkel Rick sie zurück. »Er braucht keinen Hackbraten.«

Kathleen zog die Stirn kraus. »Aber er hat bestimmt noch Hunger.«

»Nicht auf Hackbraten. Setz dich hin! Nach dem Essen kannst du ihm noch mehr Gemüse geben.«

»Aber ...«

»Pferde essen keinen Hackbraten.«

»Woher willst du das wissen? Hast du ihn schon mal gefragt?« Sie wandte sich Max zu. »Magst du Hackbraten?«

Max streckte seinen Kopf dem Teller entgegen. »Siehst du? Er mag ihn.«

»Kathleen!« Onkel Rick sprang auf und riss seiner Tochter den Teller aus der Hand, gerade als Max sich über das Fleisch hermachen wollte.

»Scott, du hättest Emily sagen können, dass sie zum Abendessen pünktlich sein soll«, blaffte Tante Debby. »Du kennst die Regeln. Nur weil du zehn Jahre lang weg warst, haben sie sich nicht geändert!«

Onkel Rick stellte Kathleens Teller zurück auf den Tisch. »Debby«, sagte er sanft, »was ist denn nur los mit dir?« Er trug ein altes graues T-Shirt und sah so geschafft aus wie alle anderen am Tisch.

Tante Debby lehnte sich zurück und seufzte. »Ich habe heute einen Anruf vom Veterinäramt bekommen. Jemand hat die Pferde aus Troopers Stall gekauft. Alle. Sie werden sie uns wegnehmen.«

»Was?« Emily richtete sich auf. »Aber Precious braucht mich! Was, wenn sich ihr neuer Besitzer nicht gut genug um sie kümmert?«

Ihr Vater räusperte sich. »Ich habe sie gekauft.«

Für einen Augenblick herrschte vollkommene Stille und alle wandten sich ihm zu.

»Wie bitte?«, fragte Tante Debby.

Scott schaute seine Schwester an. »Heute hat mich Linda angerufen, die Polizeichefin. Sie hat gesagt, dass der Besitzer die Rechtmäßigkeit der Beschlagnahme anficht und sie langsam unter Druck geraten, ihm die Pferde wiedergeben zu müssen.« Er zuckte mit den Achseln. »Da bin ich zu ihm hingefahren und habe ihn davon überzeugt, mir die Pferde für einen guten Preis zu verkaufen. Sie gehören jetzt uns.«

Emily starrte ihn an. »Du hast vierzig Pferde anstelle von Saphir gekauft?«

»Genau.«

»Scott.« Tante Debby seufzte. »Das hättest du nicht tun müssen. Ich bin dir jetzt so viel schuldig.« Sie sah erschöpft aus.

»Nein, bist du nicht.« Emilys Vater nahm einen Schluck Wasser. »Ich habe sie *mir* gekauft, *ich* bin der Besitzer. *Du* schuldest mit überhaupt nichts. Es hilft zwar nicht, die laufenden Kosten der Ranch zu decken, aber ich konnte mich nicht zurücklehnen und zuschauen, wie du dein ganzes Geld für diese Pferde ausgibst. Du hättest sie ja nicht verkaufen können, um deinen Verlust wieder wettzumachen. Jetzt sind sie eine Investition.«

Tante Debby kniff die Augen zusammen. »Es geht uns auf der Wild Horse Ranch aber nicht darum, Profit zu machen.«

»Weshalb du auch ständig kurz vor der Pleite stehst.« Emilys Vater beugte sich vor. »Mir gehört die Farm zur Hälfte und jetzt gehört mir auch die Hälfte der Pferde da draußen. Ich gebe mein Geld aus, um den Laden am Laufen zu halten. Und ich werde mich darum kümmern, dass er in Zukunft profitabel ist.« Seine Miene hellte sich auf. »Wäre es denn wirklich so schlimm, wenn du *keine* Geldsorgen mehr hättest?«

Tante Debby seufzte und schüttelte den Kopf. »Nein, wäre es nicht.« Schließlich lächelte sie. »Danke.«

Max schnaubte laut und alle lachten.

»Er sagt auch danke!«, kicherte Kathleen.

Emily atmete erleichtert auf. Precious war in Sicherheit und Saphir würde nun nicht so schnell verkauft werden.

Kapitel 22

Doch da hatte Emily sich geirrt. Tante Debby dachte trotz allem immer noch darüber nach, Saphir nach Kalifornien zu verkaufen.

Verzweiflung machte sich in Emily breit. Es fiel ihr schwerer denn je, sich von Saphir fernzuhalten. Sie versuchte, sich mit Stallarbeit abzulenken, und davon gab es reichlich. Jeden Tag mussten zusätzlich vierzig Pferde versorgt werden, was immer wieder zu Problemen führte: Medikamente wurden vertauscht, die falschen Pferde auf die Koppeln gebracht, einmal fühlte sich niemand für die Mittagsfütterung zuständig, und es vergingen drei Stunden, bevor Emily und Meredith das mitbekamen.

Trotzdem war die zurückliegende Woche eine der schönsten in Emilys Lebens. Es war toll, so sehr gebraucht zu werden.

»Emily!«, ertönte die Stimme ihrer Tante.

Emily legte die Mistgabel beiseite und spähte in den Stallgang. Debby stand dort, die Hände in die Hüften gestützt. Ihr Pferdeschwanz hatte sich gelöst und ein paar Haarsträhnen waren ihr ins Gesicht gefallen.

Emily versuchte zu lächeln. »Was gibt's?«

»Irgendjemand hat Precious auf die hinterste Weide gestellt. Ich weiß zwar, dass der Abfohltermin erst in ein paar Wochen ist, aber trotzdem will ich sie in Sichtweite haben. Könntest du sie holen?«

Emily schaute auf ihren Gipsverband.

Tante Debby folgte ihrem Blick. »Ach, das hatte ich ganz vergessen.« Sie rieb sich das Kinn. »Dann nimm ein Quad. Wir haben die Pferde in den letzten Tagen oft damit herausgebracht, sie sind inzwischen daran gewöhnt und laufen nebenher.«

Emily starrte ihre Tante an. »Ich bin noch nie mit einem Quad gefahren …«

»Dann lern es!« Tante Debby blickte auf die Uhr und stöhnte. »Ich muss mich beeilen. Bill und Patsy von der Shimmer Farm werden jede Minute hier eintreffen.«

Emily zog es den Magen zusammen. »Aus Kalifornien?«

Doch Debby hörte sie nicht mehr. Ihre Tante hatte auf dem Absatz kehrtgemacht und war den Gang hinuntergerannt.

Emilys Herz pochte. Würde ihre Tante Saphir nun verkaufen? In den letzten Tagen hatte sie ein paarmal ihren Vater danach gefragt, aber er hatte nicht gewusst, was seine Schwester vorhatte. Emily hatte dabei das Gefühl bekommen, dass er ihr irgendwas verschwieg.

Da sie Tante Debby auf keinen Fall noch mehr Stress bereiten wollte, indem sie sich nicht um Precious kümmerte, lief sie hinaus auf den Hof.

Zehn Minuten später hatte sie es geschafft, das Quad zu starten. Kyle hatte ihr gezeigt, wie man bremste und beschleunigte. Und wenn ein Zehnjähriger damit fahren konnte, dann würde sie das ja wohl auch hinbekommen!

Kyle grinste und trat zurück, als das Quad einen Satz nach vorn machte und dann abrupt wieder zum Stehen kam. Er begann zu lachen. »Du wirst es nie bis dahin schaffen ohne Crash!«

»Werde ich wohl!« Sie streckte ihm die Zunge raus und gab vorsichtig Gas. Emily zitterte am ganzen Körper vor Anspannung. Als sich das Quad langsam in Bewegung setzte, atmete sie erleichtert auf. »Siehst du?«, sagte sie grinsend zu Kyle.

Dann entdeckte sie den Transporter der Shimmer Farm in der Auffahrt und fuhr geradewegs gegen die Stallwand.

Tante Debby und ein Pärchen, bei dem es sich um Patsy und Bill handeln musste, schauten zu ihr.

Mit hochrotem Gesicht rief Emily: »Alles in Ordnung!«

Kyle konnte nicht mehr aufhören zu lachen, als sie den Rückwärtsgang einlegte und die Kupplung vorsichtig kommen ließ, wieder bremste, in den Vorwärtsgang schaltete und langsam die Einfahrt hinunterfuhr. Emily biss die Zähne zusammen und lenkte das Quad auf den Weg, der zu den Weiden führte. Sie nahm die erste Kurve jedoch zu schnell und das Quad begann zu schlingern. Sie schrie auf und lehnte sich zurück. Dann bremste sie scharf und legte die Hände auf die Oberschenkel. Sie zitterten. Emily spürte, wie ihr der Schweiß den Rücken herunterlief, sie bekam kaum Luft.

»Nein, ich kriege das hin. Sogar Kyle kann mit diesem Ding fahren!« Sie wischte sich die Handflächen an der Hose ab, atmete tief durch, legte die Hände wieder auf den Lenker und gab vorsichtig Gas.

Das Quad holperte über die unebene Straße. Vor Angst, es könnte sich überschlagen, stöhnte Emily auf. »Okay«, murmelte sie. »Du hast alles im Griff.«

Langsam bahnte sie sich ihren Weg zur hintersten Weide. Als sie endlich dort ankam, taten ihr alle Knochen weh.

Emily sah auf ihre Uhr. Sie hatte eine halbe Stunde gebraucht! Da hätte sie ja auch zur Weide humpeln können.

Sie ließ ihren Blick über die Grasfläche schweifen. Mehrere Pferde grasten vor sich hin, Precious war aber nicht darunter.

Sie stöhnte, als ihr klar wurde, dass sie auf die Weide musste, die an vielen Stellen vom Zaun aus nicht einsehbar war. Also kletterte sie mit zittrigen Beinen vom Quad, um das Tor zu öffnen. Dann setzte sie sich wieder auf die Maschine. Als sie zum zweiten Mal abstieg, um das Tor wieder zu schließen, blieb sie mit dem Gips am Schalthebel hängen. Sie hechtete nach der Bremse, weil sie versehentlich den Gang eingelegt hatte.

»Ich hasse Quads«, zischte sie. »Sie sollten alle verschrottet werden.«

Sie riss sich zusammen und fuhr auf die Weide. Als sie um den Waldrand bog, entdeckte sie Saphir nahe beim Zaun unter den Bäumen.

»Saphir!«

Er hob den Kopf und sie brachte das Quad zum Stehen. Das musste ein gutes Zeichen sein! Wenn Tante Debby vorhatte, ihn zu verkaufen, dann hätte sie ihn ja wohl kaum auf die hinterste Weide stellen lassen! Oder jemand hatte einen Fehler begangen wie bei Precious …

Sie sah sich nach der trächtigen Stute um, konnte sie aber nirgends entdecken. War sie doch auf der falschen Weide gelandet? Mist!

Plötzlich wurde ihr bewusst, dass Saphir keinerlei Anstalten machte, zu ihr zu kommen. Sie wurde ganz traurig. »Nach drei Tagen hast du mich also schon vergessen.«

Da wieherte er leise und stampfte mit dem Fuß auf, und plötzlich erkannte Emily, dass er über etwas großem Hellbraunem stand.

»Oh nein!«, flüsterte sie, während sie den Gang einlegte und über die Wiese holperte, kaum in der Lage, sich festzuhalten, so sehr zitterten ihre Hände. Als sie nahe genug dran war, bremste sie, sprang ab und humpelte zu Saphir hinüber. Sie fiel auf die Knie, als sie sah, neben wem Saphir stand.

Precious lag auf der Seite ausgestreckt im Gras. Die Stute schwitzte und ihre hilflos strampelnden Hufe wühlten den Boden auf.

»Oh nein!« Emily kam auf die Beine und rannte zurück zum Quad. Sie kam ins Stolpern, rappelte sich wieder auf, schwang sich aufs Quad und raste, ohne nach rechts und links zu gucken, zurück zum Stall. Sie musste Onkel Rick holen.

Sie stöhnte, als das Quad beschleunigte und über eine Bodenwelle sprang. Sie klammerte sich am Lenker fest und versuchte, den Schmerz in ihrem Bein zu ignorieren.

Als sie den Hügel hinabfuhr, entdeckte sie die Senke im Boden zu spät. Sie wollte noch bremsen, da hob das Quad schon ab. Emily flog durch die Luft, knallte auf die Schulter und rollte auf dem Rücken ab.

Mit einem schmerzhaften Stöhnen stand sie auf und sah das kleine Fahrzeug auf der Seite liegen. Ihr Herz fing wie wild an zu schlagen.

Sie humpelte zu dem Quad, um es wieder aufzurichten. Aber es war viel zu schwer. Ihre Augen füllten sich mit Tränen, als sie es ein zweites Mal vergeblich versuchte. »Das kann nicht sein, ich muss zurück zu Onkel Rick!«

Vor Wut schrie sie auf, dann begann sie den Hügel humpelnd hinunterzurennen. Sie blieb mit dem Gips jedoch an einer Unebenheit hängen und stürzte erneut. Sofort stand sie wieder auf und rannte weiter, schnappte schmerzhaft nach Luft bei jedem Schritt – und ging wieder zu Boden. Sie stöhnte und hielt sich das Bein, während der Schmerz ihr durch den ganzen Körper schoss.

Dann fiel ein Schatten über sie. Emily blickte auf und sah Saphir. Er senkte den Kopf und gab ihr einen kräftigen Schubs.

»Ich darf nicht auf dir reiten! Dann verkauft dich Tante Debby garantiert. Weißt du noch, als ich dich in die Box gebracht habe? Ausreden interessieren sie nicht. *Ich darf nicht*!« Der Schmerz in ihrem Bein pochte wie verrückt.

Saphir schubste sie erneut.

»Nein, ich will dich nicht verlieren, *ich will nicht*!« Sie kam auf die Füße. Ihr wurde ganz schlecht, als sie zu den Dächern der Ranch hinübersah, die so weit weg waren. Es würde ewig dauern, bis sie dorthin gehumpelt wäre!

Sie schaute zurück zu Precious und musste an Trooper denken. Trooper war nicht viel Zeit geblieben …

Sie schloss die Augen, um nicht weinen zu müssen, schlang Saphir die Arme um den Hals und drückte ihr Gesicht in das weiche Fell. »Ich weiß, wenn wir das tun, wird Tante Debby dich an die Shimmer Farm verkaufen, aber wir haben keine andere Wahl. Für Precious und für Trooper.« Sie zögerte noch ein paar Sekunden, dann trat sie zurück. »Okay, los!«

Sie zog ihr Sweatshirt aus und knotete die Ärmel an Saphirs Halfter. Dann führte sie ihn zu dem umgekippten Quad, kletterte auf die Maschine und schwang sich auf den Rücken des Rappen, wobei sie fast zur anderen Seite wieder heruntergeglitten wäre.

Sie krallte ihre Finger in seine Mähne und lenkte ihn zum Tor. »Okay, retten wir Precious!«

Sie ließ Saphir angaloppieren und presste ihre Beine fest an seinen Bauch, um nicht abzurutschen. Auf ging's zum Stall!

Zu Onkel Rick!

Und Tante Debby.

Kapitel 23

Nachdem sie es geschafft hatte, das Weidetor von Saphirs Rücken aus zu öffnen und wieder zu schließen, ließ sie ihn weitergaloppieren. Sie klammerte sich in seine Mähne und drückte die Schenkel fest an sein weiches Fell, um oben zu bleiben, während er immer schneller über die Wiesen zur Ranch flog. Sein Körper bewegte sich mächtig unter ihr. Sie spürte jeden Muskel, jeden Atemzug, weil sie direkt auf seinem Rücken saß. Majestätisch streckte sich Saphir und der Wind riss an Emilys Haaren.

Saphir legte sich in die Kurve, schlitterte auf den Hof und hätte beinahe Tante Debby umgerissen, die dort mit Patsy und Bill stand.

»Emily?« Tante Debby klang so erschrocken und wütend zugleich, dass Emily zurückschreckte. »Du wagst es …«

»Wo ist Onkel Rick? Es ist wegen Precious. Irgendwas stimmt nicht mit ihr.«

Tante Debbys Miene wechselte schlagartig von Wut zu Angst und Sorge. »Wo ist sie?«

»Ganz hinten auf der Weide.« Saphirs Rippen hoben und senkten sich schwer unter ihren Beinen, sein Atem ging heftig, und plötzlich erinnerte sie sich an sein verletztes Bein. *Oh, nein!* »Wo ist Onkel Rick?«

»Im Stall. Ich hole sein Auto.« Tante Debby rannte zum Truck, in dem die medizinische Ausrüstung für ambulante Einsätze aufbewahrt wurde.

Emily wendete währenddessen Saphir ab und trabte mit ihm zu den Stallungen. Sie fühlte sich schrecklich, als sie bemerkte, dass er lahmte. »Es tut mir so leid!«, flüsterte sie. In diesem Augenblick sah sie ihren Onkel aus dem Gebäude kommen. »Onkel Rick!« Sie ließ Saphir angaloppieren. Seine Hufeisen klangen hell auf dem Asphalt. »Onkel Rick!«

Er wandte sich ihr zu. »Was ist passiert?«

»Precious. Hinterste Weide. Irgendwas stimmt nicht. Tante Debby holt schon dein Auto …«

Rick sprintete los und war fort, ehe sie sich's versah. Emily hörte den Kies knirschen, als Tante Debby mit dem Auto vorfuhr. Die Autotür knallte und der

Motor heulte auf, als das Fahrzeug anfuhr und davonrauschte.

Erleichtert sackte Emily zusammen. Dann glitt sie von Saphirs Rücken und kam auf wackeligen Beinen zum Stehen. Saphir atmete immer noch schwer, und sie wusste, dass ihm sein Bein wehtat. »Komm, lass dich abputzen.« Sie klopfte ihn und schob den Gedanken an die Folgen ihres Ritts beiseite.

Als sie an Troopers alter Box vorbeikam, wusste sie jedoch, dass ihre Entscheidung richtig gewesen war.

Saphir wandte ihr den Kopf zu und schubste sie, sodass sie wieder einmal auf dem Hintern landete.

Dann blickte er sie unschuldig mit bebenden Nüstern und gespitzten Ohren an, als wunderte er sich darüber, warum sie plötzlich auf dem Boden lag.

Emily lachte und streichelte seine Blesse, während er an ihren Jeans schnupperte. »Du wirst mir fehlen, weißt du!« Der Gedanke, dass sie bald von ihm Abschied nehmen musste, schnürte ihr die Kehle zu. Sie rappelte sich wieder auf und griff erneut nach dem Shirt, das ihr als Zügel diente. »Aber erst mal besorgen wir dir einen richtigen Führstrick. Das ist ja lächerlich, eine Schönheit wie dich an einem Sweatshirt herumzuführen!«

Er folgte ihr glücklich den Stallgang hinunter, und sie wusste, dass sie immer Freunde bleiben würden, ganz egal, wohin er ging.

Emily ließ sich Zeit, Saphir abzuputzen, denn sie befürchtete, dass sie das letzte Mal mit ihm zusammen sein würde. Sie war fest entschlossen, jede Sekunde mit ihm zu genießen.

Mehr als drei Stunden brauchte sie, um ihn durchzuputzen und seine Beine zu bandagieren. Als sie gerade dabei war, behutsam seinen Schweif Strähne für Strähne aufzulockern, bemerkte sie, dass sie beobachtet wurde.

Sie sah auf und versteifte sich. Tante Debby stand in der Boxentür. Ihre Miene war unergründlich.

Emily holte tief Luft, straffte die Schultern und stellte sich ihrer Tante entgegen. »Ich weiß, dass ich die Regeln gebrochen habe, weil ich mit Saphir hierhergeritten bin. Ich weiß auch, dass du ihn deswegen jetzt an die Shimmer Farm verkaufen wirst.« Ihre Stimme schwankte ein wenig. Sie musste sich räuspern, bevor sie weiterreden konnte. »Ich weiß, dass du hören willst, dass ich falsch gehandelt habe. Aber ich würde es wieder tun. Das war ich Trooper schuldig und ich akzeptiere die Konsequenzen. Saphir wird mir fehlen, aber es ist so, wie es ist, und das weiß ich.« Sie räusperte sich erneut und grub die Fingernägel in die Handballen, um nicht loszuheulen.

Tante Debby sagte nichts, dann bedeutete sie Emily, ihr zu folgen. »Komm mal mit.«

Emily schluckte und band Saphir los, dann schloss sie seine Boxentür sehr sorgfältig hinter sich. Sie humpelte hinter ihrer Tante her und versuchte, sich ihre Nervosität nicht anmerken zu lassen.

Debby blieb vor der größten Box im ganzen Stall stehen. Sie zeigte auf die Tür. »Geh rein.«

Emily runzelte nachdenklich die Stirn und entriegelte die Tür.

Dann öffnete sie sie und musste nach Luft schnappen bei dem Anblick, der sich ihr bot.

Precious stand in der Ecke, erschöpft, aber auch erlöst … und an ihrem Hinterbein lehnte ein Fuchsfohlen mit einem wunderbaren, mondförmigen Abzeichen auf der Stirn.

Emily ließ sich auf die Knie sinken und legte die Hände in den Schoß. »Sie hat ihr Baby!«

Tante Debby lächelte. »So ist es.«

»Es ist wunderschön!«

Der kleine Hengst hob den Kopf und sah Emily aus leuchtenden, klugen Augen an. Er hatte die dünnen Beine gegrätscht, um sich auszubalancieren, und der kleine Schweifstummel wackelte fröhlich. Seine rosa Nüstern blähten sich, als er herauszufinden versuchte, wer Emily war.

»Kaum zu glauben, wie klein er ist, ein perfektes Minipferd!«

»Ja, das ist er.« Tante Debby hockte sich neben Emily und betrachtete das Fohlen. »Er ist vollkommen gesund.«

»Er sieht wie Trooper aus, oder?«

»Das hab ich auch schon gedacht. Was hältst du davon, wenn wir ihn Trooper Junior nennen, kurz TJ?«

Emily lachte, als TJ einen Schritt zu machen versuchte und beinahe umgefallen wäre. »Wirst du ihn behalten?«

»Darauf kannst du wetten! TJs Zuhause wird hier sein, für immer.« Sie hielt einen Moment inne, bevor sie weitersprach. »Dein Vater möchte, dass TJ dir gehört.«

Emilys Kehle wurde eng. »Wirklich? Mir? Warum?«

»Weil du ihn heute gerettet hast.« Tante Debby legte ihr die Hand auf die Schulter. »Emily.«

Emily biss sich auf die Unterlippe und sah ihre Tante mit geröteten Augen an. »Ja?«

»Precious war in ernsten Schwierigkeiten. Wenn du uns nicht so schnell geholt hättest, wären sie beide gestorben.« Tante Debby lächelte freundlich. »Ich habe das Quad im Graben gesehen. Mir war klar, was passiert ist.«

Emily nickte.

»Obwohl du wusstest, dass du gegen die Regeln verstößt, bist du auf Saphir geritten.«

Tränen stiegen Emily in die Augen. »Ich hatte keine andere Wahl.«

Tante Debby sah sie nachdenklich an. »Das stimmt«, sagte sie leise.

Emily betrachtete TJ und musste lächeln. Das kleine Hengstfohlen suchte hungrig nach dem Euter seiner Mutter. »Das war's wert«, flüsterte sie.

Zusammen mit Debby saß sie noch eine Ewigkeit in der Box und beobachte TJs erste Laufversuche.

Schließlich wandte sich ihre Tante wieder an sie. »Du hast Precious' Belange über deine eigenen gestellt. So muss es sein auf einer Ranch wie unserer. Es war die richtige Entscheidung und es war eine verantwortungsvolle Entscheidung. Ich bin stolz auf dich.«

Ein warmes Gefühl überkam Emily bei dem anerkennenden Blick ihrer Tante. »Wirklich?«

»Wirklich.«

Emily starrte sie ungläubig an.

»Heute hast du das Verantwortungsbewusstsein gezeigt, auf das ich gewartet habe. Saphir bleibt. Du darfst ihn noch nicht reiten, aber du darfst dich um ihn kümmern.«

Hoffnung stieg in Emily auf, aber sie konnte es immer noch nicht fassen. »Ist das wahr?«

Tante Debby lachte. »Ich pflege nicht zu scherzen, wenn es um meine Pferde geht.«

Emily jauchzte und schlang ihrer Tante die Arme um den Hals. »Danke, danke, danke, danke!«

Ihre Tante drückte sie an sich. »Du hast es verdient, Emily. Du hast heute Großes geleistet und Precious und TJ das Leben gerettet.«

Emily löste sich und strahlte ihre Tante an. »Das ist mein allerschönster Tag!« Emily breitete die Arme aus. »Das hier ist der tollste Platz auf der ganzen Welt!«

Tante Debby strahlte nun auch. »Es freut mich, dass du das so siehst.« Sie hob die Augenbrauen. »Heißt das, ihr werdet noch eine Weile bleiben?«

Emily grinste. »Warum nicht!« Sie sprang auf. »Darf ich Saphir die guten Neuigkeiten überbringen?«

»Mach, was du willst. Er ist dein Pflegepferd.«

Emily jubelte vor Freude und hüpfte auf einem Bein zu Saphirs Box. »Saphir!«, rief sie. »Ich habe eine gute Nachricht für dich!«

Er streckte den Kopf über die Tür und spitzte die Ohren.

Er hatte auf sie *gewartet*.

Sie baute sich vor ihm auf, die Hände in die Hüften gestützt. »Nur damit du es weißt, ich habe dich lieb.«

Er schnaubte und Emily spürte, dass auch er sie in sein Herz geschlossen hatte.

Wild Horse Ranch

VERTRAUEN MACHT STARK

Kapitel 1

Emily Summers kniete mitten im Gang des Hauptstalls der Wild Horse Ranch und sah konzentriert auf Saphirs linken Vorderhuf. Vorsichtig führte sie die elektrische Schermaschine über das glänzende schwarze Fell des Rappen, als sie plötzlich spürte, dass an ihrer hinteren Hosentasche gezerrt wurde.

Sie spähte über die Schulter und sah in Saphirs dunkle Augen. Unschuldig blickte er sie an, während er versuchte, mit der Oberlippe eine Karotte aus der Tasche ihrer Jeans zu stibitzen. »Ich hab dir schon gesagt, die ist nicht für dich. Du hast bereits ein Dutzend Möhren mal eben so weggefuttert.«

Saphir ließ von ihrer Hose ab und kam ihr mit seinem Gesicht so nahe, dass sie dem Wunsch, ihm einen Kuss auf die weiße Blesse zwischen seinen Augen zu drücken, nicht widerstehen konnte. Er hob die Oberlippe und flehmte, was aussah, als würde er sie angrinsen. Dann gab er ihr einen festen Stoß mit der Nase, sodass sie im hohen Bogen auf dem Po landete.

Emily lachte, als Saphir seinen Kopf in ihren Schoß legte und mit den Ohren wackelte, als wollte er sie dazu auffordern, ihn zu streicheln. Sie lächelte und kraulte ihm die Stirn. Er schnaubte zufrieden, wobei er den Staub über den Boden pustete. »Ist dir eigentlich klar, dass du mich von der Arbeit abhältst?«

Saphir senkte den Kopf und suchte ihre Jeans nach Überresten von irgendetwas Leckerem ab. Seit er bei ihrer ersten Begegnung Schokoladeneiscreme auf ihrer Hose entdeckt hatte, tat er das regelmäßig.

»Emily!«

Beim Klang der Stimme ihrer Tante beeilte sich Emily, auf die Beine zu kommen. Debby durfte nicht sehen, dass Saphir sie wieder einmal umgeschubst hatte. Das entsprach nicht ihren Erziehungsvorschriften. Und ihre Tante mochte es ganz und gar nicht, wenn Emily diese missachtete. Emily versuchte ja, diese Regeln nicht zu brechen, aber manchmal … na ja, da passierte es einfach.

Sie wischte sich die Hände an ihren Jeans ab und wandte sich ihrer Tante zu. »Hi, Debby.«

Ihre Tante hatte ein graues T-Shirt an, worauf der Name der Ranch in Großbuchstaben zu lesen war. Wie immer trug sie ihr hellbraunes Haar zu einem Pferdeschwanz zurückgebunden. Sie stemmte die Hände in die Hüften und hob die Augenbrauen.

Emily stöhnte. Das bedeutete nichts Gutes!

»Wo sind die Kreuzanbinder?«, fragte Debby streng.

Emily griff rasch nach dem zweiten Anbindestrick und machte Saphir fest.

»Er muss sich daran gewöhnen, an beiden Seiten angebunden zu werden. Erziehung ist das A und O, damit wir ihn später verkaufen können.« Tante Debby klopfte Saphir.

Emily schluckte den Protest herunter. »Ja, okay«, murmelte sie. Sie hasste die Vorstellung, dass Saphir irgendwann den Hof verlassen würde. Er war ihr in der kurzen Zeit, in der sie jetzt auf der Farm war, so sehr ans Herz gewachsen. Eigentlich hatte sie zusammen mit ihrem Vater nur ein paar Tage auf der Wild Horse Ranch verbringen wollen. Der traurige Anlass ihres Besuchs war die Beerdigung des Großvaters gewesen. Doch dann hatte man mit einem Mal ihre Hilfe benötigt und sie hatten entschieden zu bleiben, solange man sie brauchte. Für Emily war das Leben auf der Ranch eine ganz neue Erfahrung. Ihre Mutter war gestorben, als sie noch ein kleines Kind gewesen war. Sie war also die meiste Zeit ihres Lebens allein mit ihrem Vater gewesen. Ihre Familie hatte sie erst jetzt kennengelernt, da ihr Vater seit dem Unfall ihrer Mutter nicht auf der Wild Horse Ranch gewesen war.

Hinter sich hörte Emily ein kurzes Schnauben. Als sie sich umdrehte, sah sie Max. Der alte Schimmel war der beste Freund ihres Opas gewesen und durfte sich frei auf der Farm bewegen.

»Max!« Er hatte es sich zur Angewohnheit gemacht, ihr überallhin zu folgen. Sie gab ihm die Karotte, die sie vor Saphir gerettet hatte. »Da, mein Süßer!«

Max nahm das Gemüse vorsichtig zwischen die Lippen, während Saphir die Ohren spitzte in der Hoffnung, etwas von der Karotte stibitzen zu können. Als es nicht danach aussah, legte er das Kinn auf Emilys Schulter und schnaubte enttäuscht, wobei er Max nicht aus den Augen ließ.

Ihre Tante klopfte Saphirs Hals. »Schön, dass du dich mit Max anfreundest. Ich denke, er ist einsam.« Ihre Stimme war weich.

Emily kratzte Max am Widerrist. »Ja, ich glaube auch, dass er sich allein fühlt.« Sie rümpfte die Nase beim Anblick des Drecks unter ihren Fingernägeln. »Ich werde ihn heute waschen und gründlich durchputzen. Das wird dir gefallen, alter Junge.«

Debbys Miene verfinsterte sich. »Nachher wirst du zu beschäftigt sein, um Max zu betütern.«

Emily legte den Kopf schief, nicht sicher, wie sie diese Bemerkung deuten sollte. Hatte sie sich wieder etwas zuschulden kommen lassen? Sie hatte so hart daran gearbeitet, ihrer Tante zu beweisen, dass sie ihr beim Umgang mit den Tieren vertrauen konnte … na ja, nachdem sie unerlaubterweise einen Ausritt auf Saphir unternommen hatte, wobei sie gestürzt war und Saphir sich auf und davon gemacht hatte … Sie schlang den Arm um Saphirs Kopf, glücklich, dass er ihn noch nicht von ihrer Schulter genommen hatte, und fragte leise: »Was ist denn los?«

»Wie geht's deinem Bein?«

Emily bewegte das Knie. Da war noch ein leichtes Ziehen, aber ihre Gummireitstiefel stabilisierten den Unterschenkel genauso gut wie der Zinkleimverband, den ihr der Doktor verordnet hatte, nachdem er vor ein paar Tagen den Gips abgenommen hatte. »Fühlt sich gut an.«

»Keine Probleme nach der Reitstunde?«

»Nö.« Emily hatte gestern eine weitere Springstunde auf Moondance gehabt, ihre zweite. Sie hatte genauso viel Spaß gemacht wie die erste. Diesmal war sie allerdings nicht heruntergefallen, was definitiv ein Fortschritt gewesen war. Trotzdem war sie im Springen nicht halb so gut wie in der Dressur. Und leider war alles, was auf der Wild Horse Ranch zählte, das Springreiten. Deshalb musste sie darin besser werden, damit Tante Debby sie irgendwann Saphir reiten ließ.

»Ich habe da eine Idee«, sagte Debby.

Kapitel 2

Emily ließ ihre Hand über Saphirs glattes Lederhalfter gleiten. »Was für eine Idee?«, fragte sie vorsichtig.

Tante Debby grinste plötzlich. »Möchtest du morgen mit zu einem Turnier fahren?«

»Was?« Emily blinzelte überrascht. »Zu einem … was?«

»Zu einem Turnier. Du weißt schon, wo man auf Pferden gegeneinander antritt!« Tante Debby lachte jetzt.

»Ach du meine Güte, wirklich?« Emily machte vor Aufregung einen kleinen Hüpfer, sodass beide Pferde ein wenig erschrocken die Köpfe hochrissen.

»Wir werden ein paar Stunden unterwegs sein, was heißt, dass wir morgen früh um halb fünf los müssen.« Emilys Herz begann, schneller zu schlagen. »Ich bin dabei!«, rief sie. »Darf ich Saphir reiten? Bitte! Turniere sind meine Spezialität. Zu Hause hatten wir jedes Wochenende einen Wettkampf, mit dem Druck kann ich super umgehen. Ich würde das gut machen …«

Tante Debby kicherte und klopfte Emily auf die Schulter. »Du gibst nie auf, was?«

»Natürlich nicht«, erwiderte Emily grinsend.

»Nein, reiten darfst du ihn noch nicht«, ihre Tante kraulte Saphir die Stirn, »aber wenn du magst, kannst du ihn in einer Showklasse vorstellen.«

»Wirklich? Wirklich? *Wirklich?*«, quietschte Emily.

Diesmal lachte Tante Debby laut auf. »Ja!«

»Wow! Das ist so cool!« Emily warf ihre Arme um Saphirs muskelbepackten Hals und drückte ihn. »Hast du das gehört, Saphir? Wir beide werden zusammen auftreten!«

Saphir drehte den Kopf herum und sah sie an, als wunderte er sich, warum sie in aller Welt auf einmal so aufgeregt war. Und plötzlich wurde Emily bewusst, dass sie eigentlich überhaupt keine Ahnung hatte, was es bedeutete, in einer Showklasse aufzutreten. Sie wirbelte herum zu ihrer Tante. »Was ist eine Showklasse überhaupt?«

Ihre Tante klopfte Max, der sich inzwischen an Saphir vorbeigedrängelt hatte. »Du führst ihn und stellst ihn an der Hand vor, präsentierst ihn korrekt, damit die Richter sein Exterieur begutachten können, und lässt ihn im Schritt und im Trab seine Bewegungen zeigen. Er wird eine Trense tragen, aber keinen Sattel.«

»Ehrlich?« Emily runzelte die Stirn und versuchte, sich die Prüfung vorzustellen, in der die Leute ihre Pferde herumführten. Spontan kamen ihr die Ausstellungen in den Sinn, bei denen Hundebesitzer ihre aufgestylten Vierbeiner präsentierten. Saphir als Schoßhündchen? Das war vollkommen absurd! »Ganz ohne Reiten? Ist das denn eine reguläre Prüfung?«

»Ja, das ist es und sogar eine sehr wichtige für ein Pferd wie Saphir. Er wird dabei auf sich aufmerksam machen.«

Sie sahen den Rappen an und er erwiderte ihre Blicke neugierig.

Tante Debby hob die Hand und bewegte ihre Finger. »Siehst du, wie er die Ohren spitzt und wie aufmerksam er mich anschaut?«, fragte sie.

Emily nickte.

»Genauso muss es sein.« Tante Debby ließ die Hand wieder sinken und Saphir stupste sie an, um zu sehen, ob sich etwas Essbares darin verbarg. »Du musst ihn so aufstellen, dass seine Vorderbeine parallel zueinander stehen und die Hinterhand offen ist. Das heißt, das Hinterbein auf der Seite des Richtertisches sollte nach hinten ausgerichtet sein. Üb das ein paarmal.«

Emily schürzte die Lippen und streichelte Saphirs Nase. Sie bekam Magenschmerzen bei dem Gedanken daran, potenziellen Käufern zu präsentieren, wie wunderschön Saphir war. Doch wenn sie es nicht tat, würde es jemand anders machen. »Okay.«

»Und außerdem«, sprach Tante Debby weiter, »wirst du mit Moondance zwei einfache Reiterwettbewerbe gehen, Dressur und Springen. Das wird eine wichtige Erfahrung für dich sein.«

Emily starrte sie an. *»Springen?«* Traute ihre Tante ihr wirklich schon so viel zu, dass sie in dieser Disziplin am Turnier teilnehmen konnte? »Wirklich?«

»Sicher.« Tante Debby hob die Augenbrauen. »Oder bist du nicht daran interessiert?«

Freudentränen stiegen Emily in die Augen. Ihre Tante würde sie tatsächlich ein Springen reiten lassen. Endlich setzte sie Vertrauen in sie. Dafür hatte sie so hart gearbeitet! »Aber nein, *ja* doch, ich bin daran interessiert!«

Tante Debby nickte. »Das habe ich mir gedacht. Also wirst du beide Pferde für das Turnier vorbereiten:

Schweif und Mähne waschen, auf Hochglanz putzen, Sattel und Trensen fetten. Kannst du einflechten?«

»Im Mähneeinflechten bin ich einsame Spitze!« Emilys Herz begann zu hämmern bei dem Gedanken, mit Saphir zur Show fahren und im Parcours springen zu dürfen. Wie cool war das denn?!

»Gut.« Tante Debby sah auf ihre Uhr. »Würdest du mir bitte noch einen Gefallen tun? Da ist dieses isabellfarbene Pony auf der hintersten Koppel. Eigentlich wollte ich es reinholen und ein bisschen mit ihm arbeiten, aber das schaffe ich heute nicht mehr. Es ist eines von den Pferden, die wir aus Troopers Stall gerettet haben. Meinst du, du könntest ihn dir heute Nachmittag schnappen und ein wenig überputzen? Eins der Lehrlingsmädchen meinte, er wäre scheu. Mich würde interessieren, was er für ein Problem hat. Lass mich wissen, wie es gelaufen ist, ja?« Tante Debby fuhr sich mit dem Handrücken über die Stirn und wirkte plötzlich erschöpft. »Da wartet noch ganz schön viel Arbeit auf uns.«

Seit sie die vernachlässigten Pferde von einem der Nachbarhöfe gerettet hatten, versank die Wild Horse Ranch in Arbeit.

»Aber sicher! Wie heißt er?«, wollte Emily wissen.

Debby zuckte mit den Schultern. »Keine Ahnung. Warum denkst du dir keinen Namen für ihn aus?«

»Cool!«

Nachdem ihre Tante davongegangen war, wirbelte Emily zu Saphir herum. »Wir werden sie alle ausstechen!« Sie warf die Hände in die Höhe und vollführte einen kleinen Freudentanz.

Saphir schnaubte und stampfte mit dem Huf auf.

»Ich weiß! Keine Zeit zum Schwatzen! Ich hab zu arbeiten!« Sie griff nach der Schermaschine und schaltete sie wieder ein. Das vertraute Summen erfüllte die Luft. »Wir müssen dich schick machen. Der Bart muss ab!«

Saphir senkte ergeben den Kopf, während Emily, leise vor sich hin pfeifend, den langen Behang an Kinn und Unterkiefer abrasierte.

»Na, startest du im Babyspringen?«, hörte sie plötzlich eine Stimme hinter sich.

Emily drehte sich um und sah zum anderen Ende des Ganges.

Dort entdeckte sie ihren zehnjährigen Cousin. Sofort ging sie in Habachtstellung. Kyle hatte bisher jede Gelegenheit genutzt, sie zu ärgern.

»Was soll das denn heißen?«, fragte Emily.

»Nicht mal Kathleen reitet in dieser Klasse, obwohl sie erst sieben ist. Alison darf sogar schon bei L- und M-Springen antreten!«

»Ach, was weißt du denn schon«, zischte Emily.

»Du wirst in einer Reihe stehen mit den ganz kleinen Kindern, die sich kaum im Sattel halten können.« Kyle machte einen Ausfallschritt.

Aber Emily hatte die Wasserpistole rechtzeitig gesehen, die ihr Cousin hinter seinem Rücken hervorgezogen hatte, und nahm sie ihm blitzschnell ab.

»Hey!«, protestierte Kyle, als Emily die Pistole auf ihn richtete und abdrückte. Der erste Schwall traf ihren Cousin im Gesicht. Vor Wut heulte Kyle auf und riss ihr die Pistole aus der Hand. »Du bist so gemein!«

Emily lachte, als er versuchte, die leere Wasserpistole auf sie abzufeuern. »Unterschätz ein Mädchen von der Ostküste nicht! Wir sind gefährlich!«

Er starrte sie finster an. »Das bedeutet Krieg!«

Emily setzte ein siegesgewisses Lächeln auf. »Dann zieh dich warm an!«

Ihr Cousin rümpfte die Nase, fuhr herum und stolzierte den Gang hinunter, wobei er seine Wasserpistole fest umklammert hielt. Wasser tropfte ihm vom T-Shirt auf die Füße.

»Also dann«, sagte Emily und wischte sich die feuchten Hände an den Jeans ab.

Kurz bevor Kyle aus dem Stall schlüpfte, drehte er sich noch einmal zu Emily um. »Anfängerin!«

»Bin ich nicht!« Doch Kyle war schon fort, er konnte sie nicht mehr hören.

Emilys Hochgefühl war wie weggeflogen. Sie musste sich vorstellen, wie sie zusammen mit einem Haufen Sechsjähriger an den Start ging. Das würde ihre Tante ihr nicht zumuten, oder doch?

Okay, sie war kein Profi-Springreiter, aber sie hatte sicherlich die Chance verdient, gegen Gleichaltrige anzutreten.

Emily schürzte die Lippen und griff nach einem Striegel. Sie ließ ihn über Saphirs Fell kreisen, während sie sich eine Strategie zurechtlegte. In New Jersey hatte sie sich immer mit ihrer besten Freundin Giselle zusammengetan. Vielleicht war ein Verbündeter in diesem Fall nicht schlecht. Ihre Cousine Alison traute ihr allerdings nicht viel zu, das stand fest. Kyle auch nicht. Und Kathleen war zu klein. Emily seufzte und klopfte den Striegel an ihrem Stiefel aus. Und Onkel Rick hielt sich aus den Stallangelegenheiten heraus. Also kam nur eine Person infrage.

Ihr Vater. Er hatte die Farm zwar die vergangenen zehn Jahre gemieden, aber inzwischen zählte sein Wort wieder.

In diesem Moment wurde Emily bewusst, dass sie ihren Vater in der letzten Zeit kaum gesehen hatte, so beschäftigt war er gewesen.

Emily biss sich auf die Unterlippe und ihre Augen begannen zu brennen. Sie hatte plötzlich das Gefühl, allein auf sich gestellt zu sein.

Saphir wieherte leise und drückte die Nase an sie. Emily umarmte ihn und verbarg das Gesicht in seinem Fell. »Ist auch egal!«, sagte sie und krallte ihre Finger in seine Mähne.

Kapitel 3

Einige Stunden später hatte Emily Saphir in seine Box zurückgebracht. Seine Fesseln waren ausrasiert, ebenso wie die Ohren und der Kinnbehang. Er sah wunderschön und edel aus.

Jetzt schlenderte sie den Weg zur Koppel entlang, Halfter und Führstrick über der Schulter. Der Weg wurde rechts und links von Büschen gesäumt. Oregon war so grün, dass sich Emily vorkam wie im Regenwald des Amazonas. Beim Gehen sog sie tief die feuchte Luft ein. Es hatte in der vergangenen Nacht geregnet. Der Boden federte elastisch unter ihren Füßen. Sie reckte den Hals und blickte über die Weiden, die sich scheinbar endlos vor ihr ausbreiteten. Sie atmete noch einmal tief durch und lächelte.

Schließlich erreichte sie die hinterste Koppel und kletterte auf den Zaun. Zufrieden beobachtete sie, wie ein paar Pferde die Köpfe hoben und zu ihr schauten. Sie wedelten träge mit den Schweifen, um die Fliegen zu vertreiben.

Noch vor ein paar Tagen waren sie verdreckt und abgemagert in dunkle, fensterlose Boxen eingesperrt gewesen und hatten bis zu den Sprunggelenken im Mist gestanden.

Und jetzt … Ihr Fell glänzte zwar noch nicht, sah aber wieder glatt und sauber aus. Außerdem wirkten sie lange nicht mehr so knochig.

Jaws, ein Wallach, den sie selbst verladen hatte, wieherte ihr zu. Er war schrecklich nervös gewesen, als sie ihn gefunden hatten, aber nun war er sanftmütig und entspannt. Er senkte träge den Kopf und begann wieder, am Gras zu zupfen. Die Lebensgeister waren in seinen Blick zurückgekehrt. Genau wie die anderen Pferde schien er zu spüren, dass er in Sicherheit war.

Und die acht Pferde, die sie bereits verkaufen konnten, waren ebenfalls in guten Händen. Nun waren also zweiunddreißig Pferde in ihrer Obhut bzw. dreiunddreißig. Die Stute Precious hatte auf der Wild Horse Ranch inzwischen den kleinen T. J. zur Welt gebracht.

Emily lächelte bei dem Gedanken an das Hengstfohlen, das ihr Vater ihr geschenkt hatte. T. J. war das erste Pferd, das ihr gehörte, und er war das süßeste Ding überhaupt! Leider konnte er noch nicht geritten oder trainiert werden, nicht so wie Saphir …

Emily schüttelte den Kopf und konzentrierte sich auf ihre Aufgabe. Sie beugte sich vor und suchte die Weide nach einem falben Pony ab.

Sie konnte sich nicht daran erinnern, dass es unter den geretteten Pferden gewesen war. Aber sie hatte auch die ganze Zeit über alle Hände voll mit Precious zu tun gehabt, sodass ihr ein Großteil der Rettungsaktion entgangen war.

Das Gras stand nur spärlich auf dieser Weide, weil für die ausgehungerten Pferde die Kolikgefahr sonst zu groß gewesen wäre. Bäume wuchsen ringsherum und spendeten Schatten. Außer dem Zwitschern der Vögel und dem Schnauben der Pferde war nichts zu hören.

Emilys Blick schweifte zum Horizont. Sie sah den runden Gipfel des Mount Saint Helens in der Ferne aufragen. Sie konnte es nicht fassen, dass dies derselbe Berg war wie auf der Postkarte im Büro ihrer Tante. Jetzt war er rund geformt wie ein Stirnreif und nicht mehr gezackt wie eine Krone. Die nämlich war bei einem Vulkanausbruch im Jahre 1980 fortgesprengt worden. Emily versuchte sich vorzustellen, wie es wäre, wenn Milliarden Tonnen von Erde plötzlich auf sie zugeflogen kämen …

Ein lautes Schnauben brachte sie zurück in die Wirklichkeit. Sie schaute wieder zur Koppel und entdeckte eine Gruppe von Pferden hinter ein paar Tannen. Darunter war ein kleines, dünnes Pony, so winzig, dass es sich problemlos unter dem Bauch eines langbeinigen Vollblüters hätte verstecken können. Emily sprang vom Zaun. Doch kaum hatte sie die Weide betreten, war das Shetty verschwunden.

Sie blickte sich um, da sah sie aus dem Augenwinkel einen sandfarbenen Schatten davonpreschen.

»Hey, du, hiergeblieben!« Sie setzte ihm nach. »Hast wohl nicht gemerkt, dass ich Leckerlis dabeihabe!«, rief sie. »Und ich werde dich putzen und dir den Dreck aus dem Fell bürsten und die Knoten aus der Mähne frickeln. Danach fühlst du dich super, du wirst schon sehen!« Sie blieb abrupt stehen.

Der kleine Wallach hatte sich in eine Ecke der Koppel geflüchtet. Mit bebenden Nüstern schaute er sie aus weit aufgerissenen Augen an. Er hatte schreckliche Angst.

Emilys Herz wurde schwer. Sie streckte ihm eine Karotte entgegen und lockte ihn sanft. »Hallo, du bist nicht mehr in diesem schrecklichen Stall. Du bist in Sicherheit. Alles ist okay.«

Er wich noch weiter zurück, drückte die Hinterhand gegen den Zaun und schnaubte laut und furchtsam.

Emily redete leise auf ihn ein und hielt ihm die Möhre hin. »Du bist zwar klein, aber bestimmt auch mutig, oder? Alle Ponys sind mutig. Wie wäre es, wenn wir dich Herkules nennen, weil du so tapfer bist. Ist das gut? Wollen wir dich Herkules nennen?« Das winzige Pony begann zu zittern und Emily schnürte es die Kehle zu.

Es schlug mit dem Kopf und das Weiße blitzte in den panisch aufgerissenen Augen auf.

»Okay, ich werde dich nicht anfassen.« Emily kniete sich nieder und warf ihm die Karotte vor die Hufe.

Das Pony scheute und presste seinen ganzen Körper gegen den Zaun.

Schnell senkte Emily die Hand. »Ist okay, Herkules, ich komme ja nicht näher! Aber da liegt was zu fressen für dich.« Trotz des dicken Fells stachen seine Hüftknochen hervor. »Es ist eine Möhre«, sagte sie und zeigte darauf, und Herkules zuckte erneut zusammen.

Emily ballte die Fäuste, um nicht der Versuchung zu erliegen, aufzuspringen und ihm die Arme um den Hals zu schlingen, um ihm zu verstehen zu geben, dass alles in Ordnung und er in Sicherheit war. Aber sie wusste, dass sie es damit nur noch schlimmer machen würde.

Sie räusperte sich. »Ich heiße Emily. Ich komme aus New Jersey. Die Farm gehört meiner Tante und meinem Onkel, und ich glaube, jetzt auch meinem Dad. Er hat die Hälfte davon geerbt, nachdem Grandpa gestorben ist. Sie sind nett hier, besonders zu kleinen Ponys wie dir. Alle mögen dich, wirklich …« Sie brach hilflos ab.

Zitternd und schweißbedeckt stand Herkules gegen die Koppel gepresst. Es gab kein Anzeichen dafür, dass er die Mohrrübe überhaupt wahrgenommen hatte, obwohl Emily davon überzeugt war, dass er sie wittern musste.

»Okay, wie wär's, wenn ich später noch mal bei dir vorbeischaue? Dich erst mal in Ruhe lasse?« Sie krabbelte rückwärts durchs Gras, stand aber nicht auf, ehe sie den Zaun erreicht hatte. Sie war sich sicher, dass das Pony sie genau beobachtete.

Eine Weile lang bewegte es sich nicht. Dann blickte es sich vorsichtig um und entspannte sich mit einem erlösten Schnauben. Mit gesenktem Kopf setzte es schließlich vorsichtig einen kleinen Huf vor den anderen. Als es die Möhre vom Boden auflas, pendelte sein Schweif zufrieden hin und her. Sein Körper zitterte nicht mehr, und es nahm sich die Zeit, den Boden gründlich zu untersuchen, um nur kein Karottenkrümelchen zu übersehen.

»Okay, Herkules«, sagte Emily mit normal lauter Stimme. Sofort fuhr sein Kopf empor. »Ich werde später mit mehr Möhren wiederkommen, jetzt wo ich weiß, dass du sie magst. Wir werden schon noch Freunde werden.«

Herkules wirbelte herum und galoppierte quer über die Weide davon, bis er genügend Abstand zwischen sich und Emily gebracht hatte. Dann hielt er an, drehte sich um und sah sie mit hoch erhobenem Kopf an.

Emily biss sich auf die Lippe. Was hatte man ihm nur angetan, dass er solche Angst vor Menschen hatte. Tränen stiegen ihr in die Augen, als sie sich von ihm abwandte, um zum Stall zurückzugehen. Sie ballte die Fäuste und streckte das Kinn vor. Irgendwie würde sie einen Weg finden, um Herkules zu helfen.

Kapitel 4

Emily wollte so schnell wie möglich mit ihrer Tante über Herkules sprechen. Nach längerem Suchen fand sie sie schließlich im Stall zusammen mit ihrem Dad. Sie stand vor T. J.'s Box, was Emily stutzig machte. Langsam ging sie näher, und ihr wurde ganz warm ums Herz, als sie den kleinen Fuchshengst mit dem mondförmigen Abzeichen auf der Stirn und der rotbraunen Mähne sah. Aber was hatte ihre Tante Debby hier zu suchen?

»Äh, hallo?«, sagte Emily unsicher.

Keiner von beiden drehte sich zu ihr um. »Hey, Em.« Ihr Vater streichelte T. J. und hörte Tante Debby zu.

»Was ist denn los?«, wollte Emily wissen.

»Wir kümmern uns um T. J.«, sagte ihr Vater.

»Ist was nicht in Ordnung mit ihm?«, fragte Emily alarmiert.

»Nein, wir arbeiten bloß an seiner Grundausbildung.«

Emily runzelte die Stirn. »Ihr trainiert ihn?«

»So in etwa.«

»Aber …« Sie stemmte die Hände in die Hüften und versuchte, halbwegs ruhig zu bleiben. »Er ist mein Pferd. Sollte ich nicht diejenige sein, die mit ihm arbeitet? Ich dachte, ihr würdet mir alles zeigen, und ich bringe es ihm dann bei?«

Endlich sah ihr Vater sie an. Er trug ein Paar alte Jeans, Arbeitsschuhe, T-Shirt und eine abgenutzte Red-Sox-Mütze. Er hatte sich wieder nicht rasiert. Und sah so gar nicht mehr nach dem Anzug tragenden Geschäftsmann aus, der er mal war.

»Em, es ist wichtig, dass das mit T. J. von Anfang an richtig gemacht wird. Wir wollen bloß sichergehen …«

»Warum sagt ihr mir dann nicht Bescheid, damit ich zugucken und lernen kann?« Es würde ihr schließlich einen Riesenspaß machen, mit T. J. zu arbeiten, da sie ihn ja nicht reiten konnte. »Er ist mein Pferd, ihr solltet mich einbeziehen!«

Endlich sah Tante Debby sie an. Sie hatte diese geschäftliche Miene aufgesetzt, vor der es Emily graute. »Was ist mit dem Pony?«

Emily stutzte. »Herkules?« Mit einem Mal war ihr Ärger wegen T. J. verflogen. »Oh, ihm geht's schrecklich.« Und dann erzählte sie, was sie beobachtet hatte.

Tante Debby seufzte und wirkte bedrückt. »Der arme kleine Kerl.«

Emily nickte. »Du hättest sehen sollen, wie er gezittert hat!«

»Was sagst du dazu?«, wollte Tante Debby von ihrem Bruder wissen.

Emilys Vater spielte mit T. J.'s Mähne, während Precious zufrieden an ihrem Heu kaute. Ihr rotbraunes Fell war schon wieder viel glatter und gesünder als bei ihrer Ankunft, und sie war auch nicht mehr ganz so mager. »Klingt, als würde Herkules Zeit brauchen. Jede Menge Zeit.«

»Stimmt. Und Zeit haben wir im Moment nicht!«, erwiderte Debby.

»Nein«, sagte Emilys Vater kopfschüttelnd und seufzte, »da warten noch über dreißig andere Pferde auf uns.«

Tante Debby schaute Emily an. »Kümmere du dich doch bitte um ihn.«

»Ich?« In einem Anflug von Stolz straffte Emily die Schultern. »Wirklich?«

Tante Debby nickte. »Er braucht menschliche Nähe, das Gefühl, dass er nicht allein ist. Und wenn es unsere Zeit erlaubt, werden Scott und ich nach ihm sehen.« Sie machte Anstalten zu gehen.

Da fiel Emily wieder das Turnier ein. »Kyle hat gesagt, dass du mich im Reiterwettbewerb genannt hast, wo die ganzen Kleinkinder starten. Stimmt das?«

»Es sind vielleicht ein paar Jüngere dabei, aber auch welche in deinem Alter. Eben alle, die gerade erst mit dem Reiten angefangen haben. Es ist ein guter Einstieg.« Tante Debby klopfte T. J. und wandte sich dann entschlossen an ihren Bruder. »Ich möchte gern deine Meinung zu ein paar Pferden hören, Scott, wenn du vielleicht noch eine Minute hast ...« Mit diesen Worten lief sie die Stallgasse hinunter.

»Warte!« Emily sah ihren Vater an. »Dad, du weißt, dass ich nicht in eine Anfängerprüfung gehöre. Ich reite schon mein ganzes Leben lang, ich habe so oft gewonnen!«

Ihr Vater sah sie liebevoll an. »Das ist etwas anderes, Em. Du kannst froh sein, dass du noch die Startberechtigung für einen einfachen Reiterwettbewerb hast. Es wird dir helfen, beim Springen Selbstbewusstsein zu gewinnen. Du hast schon jede Menge Turniere geritten. Das hier wird eine vollkommen neue Erfahrung für dich sein.«

»Aber …«

Ihr Vater zog die Stirn kraus. »Emily, ich vertraue auf Debbys Gespür, und das solltest du auch. Du weißt längst nicht so viel, wie du zu wissen glaubst, und du kannst froh sein, hier auf der Farm eine Menge über den Umgang mit Pferden lernen zu dürfen, okay?«

Emily starrte ihren Vater an. Dann konnte sie die Tränen nicht länger zurückhalten. »Ist auch egal. Ich brauche dich sowieso nicht.« Sie wandte sich ab und marschierte aus dem Stall, ohne noch mal nach rechts und links zu schauen.

Sie ging nur stracks zu Saphirs Box, öffnete sie und brachte ein tränenreiches Lächeln zustande, als er ihr den Kopf entgegenstreckte und leise wieherte.

Er spitzte die Ohren und sah sie mit derselben Miene an, mit der er am Morgen Tante Debby betrachtet hatte. Der Blick, von dem Tante Debby gesagt hatte, er wäre perfekt für den Showring.

Emily hob das Kinn. »Du hast recht, Saphir, es liegt an mir, das Beste daraus zu machen. Und ich habe auch schon eine Idee.«

Kapitel 5

Emily rannte aus dem Stall und entdeckte auf dem Hof genau die Person, die sie gesucht hatte: Meredith Jenkins. Sie half auf der Wild Horse Ranch aus und war nicht viel älter als Emily.

Meredith spritzte einem Lichtfuchs gerade die Beine ab. Unter seinem Fell zeichneten sich wohlgeformte Muskelpakete ab.

»Meredith!«

Sie blickte auf. »Hi, Emily.«

»Machst du ihn schick für seinen neuen Besitzer?«

Meredith warf dem Pferd einen warnenden Blick zu, als es versuchte, einen Schritt zur Seite zu machen. »Nein, der wird nicht verkauft.« Sie griff nach dem Strick. »Steh, hab ich gesagt!« Sie richtete ihn rückwärts und sah den Wallach streng an. »Halo gehört mir.«

»Dir?«, fragte Emily überrascht. »Ich dachte, alle Pferde hier sind Teil des Retten-Reparieren-Verkaufen-Systems.«

»Die meisten schon. Aber Debby hat auch ein paar Einstellpferde und Halo gehört dazu. Ich helfe bei der Stallarbeit und dafür gibt mir Debby umsonst Reitstunden.«

»Wirklich?«

»Jepp, ich kann viel von deiner Tante lernen. Sie hat's echt drauf, weißt du.«

Emily biss sich auf die Lippe. »Meinst du?«

»Absolut. Ich bin froh, dass ich den Platz bekommen habe, sie nimmt nämlich nicht alle Reitschülerinnen.« Meredith sah auf ihre Armbanduhr und seufzte. »Die Zeit rennt mir davon und ich muss noch so viel für morgen vorbereiten.«

»Für das Turnier?«, wollte Emily wissen. »Nimmst du mit Halo daran teil?« Emily seifte sich die Hände ein und begann wie selbstverständlich, Halos zweites Hinterbein zu waschen.

Die Lauge tropfte an seinem hellen Huf herunter und sammelte sich als kleines Rinnsal am Boden. Sie lächelte, als ihr der vertraute Geruch von Kernseife in die Nase stieg.

Meredith warf ihr einen dankbaren Blick zu. »Ja, ich starte mit Halo, ich bin schon so aufgeregt!«

»Im Reiterwettbewerb?«, hakte Emily nach.

Meredith lachte, und Halo nutzte die Gelegenheit, ein paar Schritte vorwärts zu machen. »Daran darf ich schon seit Jahren nicht mehr teilnehmen. Wir sind im Endmaßpony-Stilspringen dabei.«

»Endmaßpony-Stilspringen, was ist das denn?« Emily hatte einen Kloß im Hals.

»Beim Stilspringen wird nicht auf Zeit geritten. Es ist eine Art Equitation-Wettbewerb. Es zählen Sitz des Reiters und Manier des Pferdes. Endmaßpony-Prüfungen sind ausgeschrieben für Ponys von einem Meter vierzig bis zu einem Meter neunundvierzig Widerristhöhe. Wir sind in Altersgruppen aufgeteilt. Ich reite bei den Elf- bis Vierzehnjährigen mit.«

Equitation. Das wäre genau das Richtige, dachte Emily, darin würde sie alle anderen ausstechen! Ihr Sitz war brillant nach all den Jahren Training bei Les. »Zählen die Reiterwettbewerbe auch zu Equitation?«

»Ja, einmal über Hindernisse und einmal im Viereck.«

Emily entspannte sich ein wenig. Sie würde keine Schwierigkeiten haben, einen Equitation-Wettbewerb unter lauter Anfängern zu gewinnen. Pillepalle! Sie wackelte in den Reitstiefeln mit ihren Zehen. »Kann ich dich was fragen?«

»Klar.« Meredith richtete den Wasserschlauch auf Halos weißen Stiefel und spülte so lange die Seife fort, bis die rosa Haut unter dem nassen Fell hindurchschimmerte. Dann richtete sie den Strahl auf das Bein, das Emily bearbeitet hatte. »Schieß los.«

»Was weißt du über Showklassen?«

»Showklassen? So was Ähnliches gibt's auch in der Pony-Equitation. Da werden die Pferde nach der Springprüfung noch einmal ungesattelt an der Hand vorgestellt und die Beurteilung des Exterieurs fließt in die Platzierung mit ein.« Meredith warf Emily ein Handtuch zu, und sie machten sich beide daran, Halos Beine abzutrocknen.

»Tante Debby will, dass ich Saphir morgen in der Showklasse vorstelle. Hast du ein paar Tipps für mich?«

Meredith grinste breit. »Aber klar! Ich wollte nachher mit Halo üben. Komm einfach mit Saphir dazu!«

Emily strahlte Meredith an. Sie konnte ihre Aufregung nicht verbergen. »Das wäre toll! Ich will das wirklich gut machen!«

Meredith sah Emily unter Halos Bauch hindurch an, von dem immer noch Wasser tropfte. »Ich durfte Saphir einmal auf dem Turnier vorstellen, kurz nachdem er auf die Ranch gekommen war.«

»Ehrlich? Und wie war's?«, fragte Emily.

Meredith grinste. »Es war *irre*!«

»Oh«, Emily seufzte, »kann ich mir denken.«

»Ich bin nur eine Dressur geritten, kein Springen. Aber alle haben zugeschaut und wollten wissen, was das für ein wunderschönes Pferd ist!«

Das Handtuch glitt Emily aus der Hand. »Im Ernst? War er gut?«

Meredith schnaubte. »Er war grauenhaft. Ist durchgegangen und über den Richtertisch gesprungen!«

Emily lachte und hob das Handtuch wieder auf. »Das kann ich mir lebhaft vorstellen. Obwohl er sich dabei sicher auch toll gemacht hat.«

»Natürlich. Saphir sieht immer gut aus, egal, was er gerade anstellt.« Meredith fuhr mit der Hand über Halos Bein. »Und das weiß er auch ganz genau.«

Emily kicherte. »Ja, stimmt. Er glaubt, er kommt mit allem durch, bloß, weil er so schick ist.«

»Absolut!« Meredith sprang auf die Füße, ihre Wangen waren gerötet. »Das war vielleicht ein Gefühl, als er mit mir im Sattel abgegangen ist! Ich liebe sein Temperament!«

»Ich auch.« Emily stand ebenfalls auf. »Bisher habe ich gedacht, dass ich die Einzige bin! Aber Tante Debby will ihn unbedingt kleinkriegen!«

Meredith schüttelte den Kopf. »Nein, will sie nicht. Sie möchte, dass er Disziplin lernt, um zeigen zu können, was in ihm steckt.«

Emily rümpfte die Nase. »Sie hält große Stücke auf ihn, was?«

»Oh ja, er ist der absolute Star im Stall!«

Emily legte den Kopf schief und stellte sich vor, wie Saphir mit Meredith über den Richtertisch gesprungen war. »Hat sie dich fertiggemacht, als ihr die Prüfung vergeigt habt?«

»Nein, überhaupt nicht! Es war doch nicht meine Schuld.«

Emily runzelte die Stirn. »Wie hast du Tante Debby dazu gebracht, dir zu vertrauen? Wie kommt es, dass sie dich nicht anzählt, wenn bei dir was schiefgeht?«

Meredith sah Emily mitfühlend an. »Keine Sorge. Debby hat mich anfangs auch die ganze Zeit beobachtet und ständig alles kontrolliert, was ich gemacht habe.«

»Wirklich?« Emily musterte Meredith, um herauszufinden, ob sie die Wahrheit sagte.

»Jepp. Aber schließlich wurde ihr klar, dass ich clever genug bin, um zu unterscheiden, was ich hinkriegen kann und was nicht, und dann hat sie mich in Ruhe gelassen. Dahin kommst du auch noch. Und wir werden damit anfangen, indem du Saphir morgen richtig toll präsentierst.«

Emily grinste. »Meinst du?«

»Aber sicher!« Meredith sah auf die Uhr. »Wir treffen uns nachher, sagen wir um vier, okay?«

»Ja, ist gut.« Emily wurde ganz aufgeregt. Morgen würde sie es allen zeigen …

Kapitel 6

Emily, pass auf!«

»Sorry, Meredith.« Emily seufzte. Sie versuchte, den Gedanken an Herkules zu verdrängen und sich darauf zu konzentrieren, Saphir korrekt aufzustellen.

Bevor sie sich mit Meredith getroffen hatte, war sie noch einmal auf der Koppel gewesen, um nach dem kleinen Pony zu sehen, das Tante Debby ihr anvertraut hatte.

Herkules war leider genauso verängstigt gewesen wie zuvor. Die Panik hatte ihm in den großen braunen Augen gestanden.

»Also, du führst ihn heran und dann bleibt ihr stehen«, ordnete Meredith an, »so, als würdet ihr vor den Richtern Aufstellung nehmen.«

Emily packte Saphirs Zügel fester und lief mit ihm ein paar Schritte geradeaus. Dann ließ sie ihn den Kopf heben und anhalten, sodass seine Vorderbeine perfekt parallel standen. Sie kontrollierte mit einem raschen Blick die Hinterhand und sah, dass er ein Bein zu weit nach hinten ausgestellt hatte. Also ließ sie ihn noch einen halben Schritt vorwärtsgehen.

»Prima«, lobte Meredith sie und musterte Saphir. »Was ist mit seinen Ohren?«

Emily zog ein Stückchen Wachspapier aus der Tasche und knisterte damit. Sofort spitzte Saphir die Ohren und inspizierte das Papier mit aufmerksamem Blick. Dann hob er die Oberlippe und schnappte es sich.

Meredith stöhnte, als Emily versuchte, das Papier zwischen seinen Zähnen hervorzuziehen. »Das darf er morgen auf keinen Fall machen!«

»Ich weiß!« Emily schaffte es, ihm ein Stückchen zu entreißen, der Rest verschwand in seinem Maul. »Nächstes Mal passe ich besser auf.« Emily warf Saphir einen bösen Blick zu, als er das Papier auf den Kies fallen ließ. »Benimm dich, verstanden?«

Er schnaubte und schubste sie so heftig, dass sie fast hinfiel.

Meredith legte den Kopf schief. »Du weißt schon, dass Debby ihm aus gutem Grund Stallmanieren beibringen will. Wenn er sich im Showring …«

»Ich werde vorsichtig sein.« Emily zog an Saphirs Ohren und kicherte, als er entspannt schnaubte. »Er wird perfekt sein.«

»Du musst es so machen …« Meredith packte Halos Zügel und drehte ihn herum. Sie führte ihn schräg von Emily fort, wendete ihn im spitzen Winkel und ließ ihn antraben.

Der Fuchs wölbte den Hals zu einem anmutigen Bogen, die Ohren aufgerichtet, und schwebte mit raumgreifenden, elastischen Tritten wie ein Balletttänzer über den Kiesweg. Seine Muskeln spielten unter dem glänzenden Fell. Dann ließ Meredith ihn weich zum Schritt übergehen und kam erneut auf Emily zu, sodass sie sich in einem perfekten Dreieck bewegten. Genau vor Emily brachte sie Halo zum Stehen. Seine Vorderbeine waren exakt ausgerichtet, ebenso die Hinterhand, die er geöffnet präsentierte. Das Hinterbein, das zu Emily zeigte, war etwas nach hinten ausgestellt. Dann hob Meredith die Hand lediglich in Hüfthöhe, und sofort spitzte Halo die Ohren und hob die Nase, um seinen schön bemuskelten Hals und den edlen Kopf zu präsentieren.

»So, mein Freund, wird's gemacht!«, sagte Meredith lächelnd.

Saphir zeigte sich aber völlig unbeeindruckt und schubste Emily erneut. Diesmal verlor sie jedoch die Balance und landete unsanft auf ihrem Allerwertesten.

Vielleicht würde es doch nicht so einfach werden …

Kapitel 7

Es war schon nach neun, als Emily endlich damit anfangen konnte, Saphirs Mähne einzuflechten. Sie war fast eine Stunde beim Abendessen aufgehalten worden.

Im Stall war es ungewöhnlich still, niemand außer Emily hielt sich darin auf. Das war bei ihr zu Hause anders gewesen. Dort hatte sie mit ihren Freundinnen den Abend vor einem Turnier immer gemeinsam im Stall verbracht. Emily seufzte und zog den Kamm durch Saphirs Mähne. Die Mädels fehlten ihr …

Da hörte sie mit einem Mal ein Poltern.

Sie spähte aus Saphirs Box. »Hallo?«

»Hier fehlt ja wohl ein bisschen Musik.« Meredith kam die Stallgasse hinunter und stellte einen iPod mit Lautsprechern auf einen Heuballen. »Du kannst doch nicht mutterseelenallein einflechten! Das ist ja totlangweilig!« Sie drückte die Starttaste und der energiegeladene Sound von *Xtreme* schallte durch den Raum. Meredith warf die Arme in die Höhe und vollführte eine kleine Pirouette, bevor sie wieder verschwand.

Emily lachte auf, froh darüber, endlich Gesellschaft zu haben. Sie nahm sich gerade einen weiteren Zopf vor, als Meredith zurückkam und Halo vor Saphirs Box anband.

Sie stellte einen Futtereimer verkehrt herum auf den Boden und kletterte darauf. Dann hielt sie eine Rolle dunkelgrünes, eine Rolle blaues und eine Rolle schwarzes Band hoch. »Welche Farbe?«

Konnte man sich das aussuchen? Emily hatte Saphir mit schwarzen Bändern eingeflochten, weil sie die auch immer für die Dressurprüfungen benutzt hatte. »Welche Farbe hat dein Jackett?«

»Ich habe in jeder Farbe eins.« Meredith betrachtete die Bandrollen. »Ich glaube, ich werde morgen das grüne anziehen und beigefarbene Reithosen. Das ist zwar ein bisschen schräg für ein Stilspringen, aber egal.« Sie warf die anderen beiden Rollen über ihre Schulter.

Emily musste lachen, als die eine mit einem lauten Platschen in einem Wassereimer landete.

Meredith kicherte. »Hoppla!« Sie begann, das Band um Hand und Ellbogen zu wickeln, um es auf die korrekte Länge zuzuschneiden. Während sie das tat, kam sie zu Saphir herübergeschlendert. »Kann ich mal sehen?«

»Klar.« Emily trat zur Seite. Nervös zupfte sie an ihren Haaren. Was, wenn ihre Zöpfe nicht gut genug waren?

Meredith begutachtete Emilys Werk und stieß einen lauten Pfiff aus. »Ich kann es gar nicht abwarten, Debbys Gesicht zu sehen!«

»Echt? So schlimm?«

Meredith schüttelte den Kopf. »Die Zöpfe sind absolut perfekt!«

»Das ist gut, oder?«

»Unglaublich! Willst du Halo vielleicht auch einflechten?

Emily lächelte und machte eine wegwerfende Handbewegung. »Nein danke, ich muss mich noch um Moondance kümmern, wenn ich hier fertig bin.«

»Moondance? Startest du mit ihr?« Meredith legte die zurechtgeschnittenen Bänder auf Halos Widerrist.

»Jepp!« Emily beschloss, nicht zu erwähnen, dass es sich nur um einen einfachen Reiterwettbewerb handelte, und konzentrierte sich stattdessen darauf, den Metallkamm durch Saphirs Mähne zu ziehen, sodass der nächste Zopf genau drei Zentimeter Abstand zum letzten hatte. Dann steckte sie den Kamm in ihre Hosentasche, teilte die Strähne in drei gleich große Stränge und begann zu flechten, wobei sie das Mähnenhaar so fest zog, wie es nur ging. Als der Zopf zur Hälfte fertig war, begann sie, das schwarze Garn mit einzuflechten.

»Reiterwettbewerb?«, fragte Meredith.

Emily verzog das Gesicht. »Ja.«

Meredith nickte. »Wirste gewinnen, kein Problem.«

Emilys Unbehagen verflog. »Meinst du?«

»Klar doch, du …«

»Hallo, Leute!« Alison kam den Stallgang herunter und führte dabei einen dunkelgrauen Apfelschimmel am Zügel. Er musste noch sehr jung sein, da Schimmel schwarz geboren und erst mit dem Alter immer weißer werden.

Emily hatte das Pferd noch nie zuvor gesehen, aber sie hatte keine Zweifel, dass es ein wertvolles Tier war. »Wer ist das?«

Alison band das Pferd ebenfalls in Kreuzgurten an, sodass es Halo Kopf an Kopf gegenüberstand, ohne dass die Wallache einander berühren konnten. »Mein neues Pferd. Sein Name ist Black Ice. Ich werde ihn aber Icy nennen. Er ist gestern erst angekommen.«

»Wow!« Meredith seufzte bewundernd. »Er ist großartig!«

»Dein Pferd?« Emily runzelte die Stirn. »Also du trainierst ihn zum Weiterverkauf?«

»Nein.« Alison kletterte auf die Fußbank, die sie sich mitgebracht hatte, und begann, den Kamm durch Icys Mähne zu ziehen. »Er gehört mir. Wir haben letzten Winter mein altes Pferd verkauft und seitdem nach einem Ersatz gesucht. Wir wollten ein junges Tier mit viel Potenzial und vor ein paar Wochen haben wir ihn gefunden. Ist er nicht irre? Und ihr solltet ihn erst mal springen sehen! Der geht aus dem Trab über einen Eins-zwanziger-Oxer!« Sie wirkte hochzufrieden. »Er hat Sprungfedern anstelle von Beinen!«

Emily wurde von Neid gepackt. Sowohl Meredith als auch Alison hatten eigene Pferde. Wunderschöne Pferde, die sie trainieren und mit denen sie auf Turniere fahren konnten.

Und sie musste Schulpferde reiten.

»Wirst du morgen schon mit Icy starten?«, fragte Meredith.

»Weiß ich noch nicht. Momentan ist geplant, dass ich mit ihm auf dem Veranstaltungsgelände herumreite, um zu sehen, wie er auf den ganzen Trubel reagiert. Wenn er damit klarkommt, werden wir ihn vielleicht noch in ein, zwei Springen nachnennen. Aber das entscheiden wir spontan.« Alison klatschte in die Hände. »Ach, fast hätte ich es vergessen! Ich hab Pizza für uns drei bestellt. Sie kommt in etwa einer halben Stunde. Hoffentlich habt ihr beide nicht zu viel zu Abend gegessen.«

Pizza. Bei dem Gedanken daran, begann Emilys Magen zu knurren – trotz des Burgers, den sie vor nicht allzu langer Zeit verputzt hatte. »Super!«

Alison hielt den Daumen hoch. »Stalltradition. Pizza für die Einflechter am Abend vorm Turnier. Stammt von meiner Mom. Ach, und Emily?«

Emily blickte auf. »Ja?«

»Mom meinte, du hast sicher nicht die passenden Klamotten für ein Turnier dabei. Also sieh dich in meinem Schrank um und such dir was aus!«

Emily blinzelte überrascht. Daran hatte sie gar nicht gedacht. Ihre Turniergarderobe hatte sie daheim gelassen. Und jetzt musste sie die abgelegten Sachen von Alison tragen. Ihre Laune sank schlagartig wieder. Es war eine Sache, auf einem geliehenen Pferd anzutreten, aber dann auch noch in Second-Hand-Klamotten!

»Danke …«, stammelte sie. Und damit war der Abend für sie gelaufen.

Kapitel 8

Es war beinahe Mitternacht, als Emily endlich in ihrem Zimmer war. Sie verschränkte die Arme vor der Brust und inspizierte die ausgeborgten Reitklamotten auf ihrem Bett.

»Na toll.« Sie schnaubte. Weder die ausgeleierte Jacke noch die abgetragene Hose passten ihr richtig. Sie seufzte, als sie an ihr schönes Dressurjackett und die makellose weiße Reithose dachte, die sie normalerweise beim Turnier trug. Sie biss sich auf die Lippe und ihre Gedanken schweiften zu Saphir. Seine Zöpfe sahen großartig aus, vielleicht die besten Zöpfe, die sie je geflochten hatte … Selbst die von Moondance waren ziemlich gut geworden, obwohl sie da schon müde gewesen war.

Sie strich sich das Haar aus der Stirn und ließ sich aufs Bett fallen. Da flog mit einem Mal ihre Zimmertür auf. Erschrocken sprang sie hoch, als ihre kleine Cousine Kathleen auf sie zugestürzt kam.

Ihre Augen leuchteten. Sie trug einen rosa Schlafanzug mit einem Pferdchen auf der Brust. »Emily!«

»Was gibt's denn?«

»Ich kann morgen nicht zum Turnier mitkommen, weil ich zu Tanjas Geburtstagsfeier eingeladen bin. Deshalb wollte ich dir viel Glück wünschen!« Kathleen warf sich so heftig in Emilys Arme, dass sie sie fast umgeworfen hätte.

Emily lachte und hielt Kathleen auf Armeslänge von sich. »Danke, das ist lieb von dir!«

»Das wird bestimmt toll!« Schon machte Kathleen auf dem Absatz kehrt und stürmte mit den Worten »Muss ins Bett!« wieder aus dem Zimmer. Krachend fiel die Zimmertür hinter ihr ins Schloss.

Emily musste grinsen und wollte sich gerade ihrer Garderobe zuwenden, als es leise an der Tür klopfte.

»Em?« Es war die Stimme ihres Vaters.

»Was ist?«

»Kann ich reinkommen?«

Sie seufzte. »Meinetwegen.«

Die Tür wurde geöffnet und ihr Vater spähte herein. »Hallo, Em.« Er lächelte.

»Du siehst gut aus, irgendwie glücklich«, platzte es aus Emily heraus.

Schnell schaute sie weg. Sie konnte sich nicht daran erinnern, dass ihr Vater in den letzten Jahren einmal so zufrieden gewirkt hatte.

»Das bin ich auch.« Er legte seine Hand auf ihre Schulter. »Schau mich an!«

Emily biss sich auf die Lippe und drehte Scott ihr Gesicht zu. »Was?«

»Du machst mich glücklich, Süße. Du hast mich immer glücklich gemacht.« Er strich ihr über die Wange. »Es ist auch ein schönes Gefühl, wieder bei meiner Familie zu sein, auf der Farm, wo ich aufgewachsen bin. Aber es ist nur deshalb schön, weil du hier bist.« Er fasste sie unters Kinn. »Verstehst du? Ohne dich fände ich es schrecklich. Du bist meine Nummer eins, und das wirst du immer bleiben.«

Emilys Augen füllten sich mit Tränen. »Und warum gehst du dann nicht zu Tante Debby und sagst ihr, wie gut ich bin?«

»Ach, Em!« Ihr Vater setzte sich aufs Bett. »Das ist etwas anderes. Die Pferde sind die Lebensgrundlage der Wild Horse Ranch. Sie gehen vor!«

»Und? Tue ich ihnen was?«

Er sah ihr direkt in die Augen. »Emily, mit einem gut trainierten Pferd in einer Dressurprüfung anzutreten, ist nicht dasselbe wie mit misshandelten Pferden umzugehen. Es braucht Zeit, ein Gefühl dafür zu entwickeln, und ich habe den Eindruck, dass Tante Debby dein Können unvoreingenommener einschätzen kann als ich, also halte ich mich zurück. Wenn es nach mir ginge, würde ich dich jedes Pferd in jeder Prüfung reiten lassen. Ob das allerdings gut für dich wäre, weiß ich nicht.« Er atmete tief ein. »Ich drücke dir für morgen aber ganz fest die Daumen.«

Emily kniff die Augen zusammen. »Was soll das denn heißen?«

»Ich komme nicht mit zum Turnier«, erwiderte Scott.

Sie starrte ihn an, zu verblüfft, um etwas sagen zu können. Ihr Vater hatte bislang keinen einzigen ihrer Wettkämpfe verpasst, nicht einen!

»Ich muss auf der Farm bleiben und mich um die Pferde kümmern. Momentan haben wir zu viele Risikopatienten hier, da können Tante Debby und ich nicht beide wegfahren.« Er lächelte, doch da war auch eine Spur Traurigkeit in seinem Blick. »Glaub mir, Emily, ich wäre nur zu gern dabei.«

»Aber ich brauche dich doch. Du bist mein *Dad*!«

»Ich werde auch immer dein Dad bleiben. Morgen wird Tante Debby dir jedoch zur Seite stehen.«

»Die kann mich nicht leiden!«

Das Lächeln ihres Vaters verblasste. »Emily, es reicht! Debby mag dich, sie ist ein guter Mensch und eine exzellente Pferdekennerin, und du solltest ihrem Urteil ebenso vertrauen wie ich!«

Emily blinzelte hart die Tränen fort und ballte die Fäuste.

»Ich habe dir was mitgebracht.« Die Stimme ihres Vaters war mit einem Mal weicher. Er stand vom Bett auf, trat hinaus in den Flur und kam mit einem Kleidersack zurück. »Für dich.«

Emily runzelte die Stirn. »Was ist das?«

»Mach's auf!«

Zögernd legte sie den Kleidersack aufs Bett und öffnete den Reißverschluss. Sie musste nach Luft schnappen, als sie das brandneue dunkelblaue Reitjackett und die rostbraune Reithose mit Kniebesatz herausnahm. Und ein langärmeliges weißes Hemd mit Stehkragen war auch dabei. »Dad!«

Er griff noch einmal hinter sich und warf ihr eine Hutschachtel zu. »Ich wusste ja, dass du keine Turniersachen dabeihast, also habe ich in der Stadt am Reitsportladen angehalten und dir was besorgt. Ich musste in unserem Stammgeschäft in New Jersey anrufen, um herauszufinden, welche Größe du hast. Ich hoffe, es passt alles.«

Emily riss die Schachtel auf und hielt eine leichte schwarze Reitkappe mit Samtbezug in den Händen. »Unglaublich!« Sie ließ die Kappe aufs Bett fallen, warf sich ihrem Vater in die Arme und barg ihr Gesicht an seiner Brust, während sie ihn fest an sich drückte. »Danke, danke, danke!«

Er kicherte und küsste sie auf den Scheitel. »Ich wollte damit wiedergutmachen, dass ich morgen nicht mitkomme. Verzeihst du mir?«

Sie grinste ihn an. »Nein.«

Er zerzauste ihr Haar, dann wurde sein Blick ernster. »Hier ist noch etwas.«

»Noch was?«

Scott zog einen kleinen Gegenstand aus seiner Hosentasche, der in Zeitungspapier eingeschlagen war. »Für dich.«

Das war typisch für ihren Vater, Geschenke in altem Papier zu verpacken. Vielleicht veränderte er sich, aber in ein paar Dingen blieb er auch der Alte.

Emily setzte sich aufs Bett und begann, das Päckchen vorsichtig auszuwickeln.

Es war eine kleine Schmuckschatulle, und als sie den Deckel öffnete, fand sie darin eine silberne Kragennadel in Form eines Pferdekopfes. Das Silber war auf Hochglanz poliert, aber es hatte kleine Kratzer und Gebrauchsspuren.

»Das war die Kragennadel deiner Mutter.« Die Stimme ihres Vaters klang rau.

»Moms?« Sie war gestorben, als Emily zwei Jahre alt gewesen war, und nur selten hatte sie mit ihrem Vater über sie gesprochen. »Sie ist auch geritten?«

»Jepp.« Vorsichtig nahm ihr Vater die Nadel aus der Schachtel. »Die habe ich ihr zu ihrem sechzehnten Geburtstag geschenkt, bevor wir angefangen haben, miteinander zu gehen. Wir waren damals einfach nur befreundet.«

Emily sah eine Gravur auf der Rückseite. »Für O. In Liebe, S.« Olivia, ihre Mom. Scott, ihr Dad.

»Sie hat sie bei jedem Turnier angesteckt. Und nachdem wir von hier fortgezogen waren, hatte sie sie immer am Revers ihres Jacketts.« Er hielt kurz inne, bevor er weitersprach: »Jetzt sollst du sie haben. Sie würde wollen, dass du sie trägst.« Er räusperte sich und stand auf.

»Und nun ab ins Bett. Du musst morgen früh aufstehen, Kleines.«

Emily schloss die Hand um die Nadel und sah auf. »Danke, Dad.«

Er drückte ihr die Schulter. »Du wirst das toll machen.«

»Ich wünschte, du wärst dabei.«

»Vielleicht beim nächsten Mal, Schätzchen.«

»Vielleicht?«

»Wir werden sehen.« Scott küsste Emily auf die Wange und war fort, ehe sie protestieren konnte.

Kapitel 9

Emily war von einer Sekunde auf die nächste wach. Rasch sah sie auf die Uhr. Drei Uhr fünfundvierzig, zehn Minuten, bevor der Wecker klingeln sollte. Sie strampelte die Decke fort und sprang aus dem Bett. Als sie aus dem Fenster schaute, pochte ihr Herz aufgeregt. Im Stall brannte bereits Licht.

Sie schloss die Augen und atmete noch einmal tief durch. Heute war ihr großer Tag.

Dann stürmte sie ins Bad, um sich anzuziehen. Und schon acht Minuten später war sie auf dem Weg zu den Pferden, den Kleidersack über der Schulter und eine Reisetasche mit ihren Reitstiefeln und Klamotten in der Hand.

Sie hatte Chaps über ihre neue Reithose gezogen und trug darunter Gummistiefeletten, um ihre frisch polierten Stiefel nicht schmutzig zu machen.

Onkel Rick war gerade dabei, Heunetze für die Fahrt vorzubereiten, während Tante Debby die Tiere fütterte, die mit zum Turnier sollten. Es duftete nach Heu und frischen Sägespänen.

»Hi!«

Onkel Rick sah auf. »Guten Morgen. Du kannst deine Sachen vorn in den Transporter packen. Danach deckst du bitte Saphir und Moondance ein, leg ihnen Transportgamaschen an und Springlocken für die Vorderbeine!«

»Aber sicher!« Emily rannte zum Lkw, packte den Haltegriff, trat auf das Vorderrad und zog sich auf den Laster. Hier lagen schon Heubunde aufgereiht, zusammen mit sechs Wassereimern und Putzkisten, die, wie Emily vermutete, zur Standardausstattung des Transporters gehörten.

Und plötzlich wurde sie von großer Aufregung gepackt. Es war ihr mit einem Mal egal, dass sie nur in einem einfachen Reiterwettbewerb starten würde. Magie lag in der Luft. Der heutige Tag würde großartig werden.

Sie summte vergnügt vor sich hin, als sie gedankenverloren über ihre neue Kragennadel strich. Ihre Mutter hatte sicher auch einmal klein angefangen. Sie lächelte, als sie kurz darauf zu Saphirs Box ging, um ihm die Transportgamaschen anzulegen. Der hübsche Rappe streckte den Kopf über die Boxentür und wieherte ihr entgegen.

»Hallo, Schöner!« Sie streichelte seine Nase und inspizierte seine Zöpfe. Ihre Befürchtung, dass er sie sich in der Nacht aufgerubbelt haben könnte, hatte sich nicht bestätigt. Sie musste grinsen. Alles würde perfekt werden!

Die Sonne strahlte vom Himmel, als sie mit dem Lkw über die staubige Einfahrt rumpelten, die zum Veranstaltungsort führte. Die Wiese war so groß, dass man nicht von einem Ende zum anderen schauen konnte. Und dort wimmelte es nur so von Autos und Menschen. Sie waren fast zwei Stunden zu spät dran, weil die Autobahn wegen eines Unfalls gesperrt gewesen war. Rasch parkte Tante Debby neben einigen anderen Pferdetransportern.

»Es ist toll hier!«, sagte Emily.

In diesem Moment hallte eine Lautsprecherstimme über den Platz, und Emily konnte hören, wie das Pony-Stilspringen und der einfache Reiterwettbewerb ausgerufen wurden.

»Es geht schon los!« Sie fuhr erschrocken hoch.

»Jepp. Als Erstes steht die Dressuraufgabe auf dem Programm. Meredith, du bist auch gleich an der Reihe«, sagte Tante Debby. »Macht euch fertig, Mädels, es könnte eng werden!«

Sofort begann Emily, sich ihre Chaps auszuziehen. Wenn sie die Stiefel und den Kleidersack doch nur mit in die Kabine genommen hätte! Ihr Herz pochte und sie spürte, wie ihr das Adrenalin ins Blut schoss.

»Ich lade Halo ab«, sagte Alison, während Meredith seelenruhig ihr Jackett auspackte und es anzog.

»Und ich hole die Startnummern. Wir treffen uns alle am Abreiteplatz«, sagte Debby.

Emily fuhr sich hektisch mit der Hand durchs Haar. Niemand würde ihr bei Moondance helfen können. Sie war auf sich allein gestellt!

Während ihre Tante lossprintete, ließ Alison die Rampe herunter.

Emily kletterte in den Transporter, und Meredith spurtete los, um Sattel und Trense zu holen. »Viel Glück und viel Spaß! Du wirst die Bande aufmischen!«

Emily fasste ihr Haar zu einem Pferdeschwanz zusammen, steckte ihn unter ihr Haarnetz und drückte sich den Helm auf den Kopf. »Ja, dir auch viel Erfolg.«

»Danke.« Meredith griff nach einer Putzbox und kletterte die Rampe hinunter.

Emily blieb allein zurück und musste noch ihre Stiefel anziehen, ihr Jackett auspacken, ihre Handschuhe finden, satteln … »Mist!« Sie würde es niemals rechtzeitig schaffen!

Doch da rief Alison mit einem Mal von draußen: »Emily, wirf mir Sattel und Trense zu, damit ich Moondance fertig machen kann!«

»Echt?« Mit einem erleichterten Seufzen reichte Emily ihrer Cousine die Ausrüstung. Aus dem Augenwinkel sah sie Meredith im gestreckten Trab zwischen zwei Transportern verschwinden.

Alison nickte. »Kein Problem. Turniere sind schließlich Teamwork.« Sie nahm den Sattel entgegen und warf ihn auf Moondances Rücken. »Beeil dich!«

»Okay!« Emily zog in Windeseile die Stiefelstrümpfe über ihre Reithose. Anschließend nahm sie sich die Stiefel vor. Es dauerte eine gefühlte Ewigkeit, bis das Leder endlich über ihre Waden glitt. Sie krempelte die Strümpfe über die Schäfte, griff nach Jackett und Handschuhen und sprang die Rampe hinunter.

Alison schnallte gerade Moondances Nasenriemen zu. »Soll ich dich raufwerfen?«

»Ja bitte!« Emily griff Sattelzwiesel und -kranz und winkelte das linke Bein an, das Alison ein paar Fingerbreit unter dem Knie packte.

»Auf drei! Eins, zwei, drei!«, sagte ihre Cousine. Mit dem rechten Bein drückte sich Emily ab, sodass Alison sie mühelos auf Moondances Rücken werfen konnte. »Okay, deine Prüfung findet auf dem Viereck nebenan statt.« Alison kontrollierte noch einmal Moondances Sattelgurt und zog ihn ein Loch fester, während Emily ihr Jackett richtete. »Mom wartet schon auf dich, um dir deine Startnummer zu geben. Die Showklasse mit Saphir beginnt gleich im Anschluss. Wenn du fertig bist, reite mit Moondance deshalb direkt zum Showring rüber.«

Emily nickte. »Machst du Saphir fertig?«

»Jepp!« Alison klopfte ihr auf den Oberschenkel. »Und nun los!«

Emily nahm die Zügel auf und ließ die große Schimmelstute in Richtung Turnierplatz traben, wobei sie verzweifelt versuchte, sie an die Hilfen zu stellen. Doch Moondance hatte den Kopf hochgerissen und schlug aufgeregt mit dem Schweif, während sie an Autos, herumspringenden Hunden und laut durcheinanderredenden Menschen vorbeikamen. Heftig scheute sie zur Seite, als ein Mädchen plötzlich aus einem Anhänger sprang, sodass Emily beinahe aus dem Sattel katapultiert wurde.

»Okay, Mädchen, beruhige dich!« Emily blickte zum Turnierplatz hinüber und sah, dass ihre Abteilung gerade einritt. Ihre Prüfung fing ohne sie an! »Tempo!«

Sie ließ Moondance angaloppieren und hörte geradezu Les' mahnende Worte, dass sie ihr Pferd nicht richtig aufgewärmt hatte. Als ob sie jetzt Zeit dafür hätte! Moondances Galoppsprünge waren holperig und unbalanciert, weil sie überhaupt nicht versammelt war. Emily stellte sich in den Steigbügeln auf, um den Holpergalopp im Jagdsitz besser abfangen zu können. Nachher würde sie die Galopparbeit aussitzen müssen, aber jetzt gerade …

»Emily!«

Sie musste Moondance zusammenriegeln, um sie zum Stehen zu bringen.

Tante Debby kam auf sie zu. Sie schwenkte eine weiße Startnummer durch die Luft. »Hier! Wir haben keine Zeit mehr, sie an der Trense zu befestigen! Hefte sie dir einfach ans Revers!«

Emily nahm die Startnummer entgegen, während ihre Tante noch einmal nachgurtete.

»Okay, atme tief durch und versuch, dich zu beruhigen. Wenn du erst im Viereck bist, hast du alle Zeit der Welt, okay?«

Emily nickte und sah zu den Pferden hinüber, die gerade aufgewärmt wurden.

»Du wirst das packen. Dressur ist schließlich dein Ding.« Tante Debby trat zurück. »Entspann dich!«

Entspann dich! Ha! Emily knallte Moondance die Waden in die Seite und kam just in dem Augenblick ins Viereck getrabt, als der Richter die Reiterinnen aufforderte, im Schritt eine Abteilung aufzunehmen.

Emily seufzte, während sie die hippelige Moondance mühsam durchparierte.

Kapitel 10

Emily packte die Zügel fester und gab sich alle Mühe, tief einzusitzen und Moondance an die Hilfen zu stellen. Sie drückte die Absätze hinunter und begann, mit Gewicht und Schenkeln gegen den Zügel zu treiben, damit die Stute schwungvoll und versammelt ausschritt. Doch bevor sie sie dazu bringen konnte, verlangte der Richter schon Arbeitstrab.

Emily ließ Moondance antraben. Aber noch immer energiegeladen durch den flotten Ritt vom Transporter zum Ring, schnellte die Stute unkontrolliert nach vorn. Emily redete leise auf Moondance ein, um sie zu beruhigen.

Als sie jedoch gerade am Richter vorbeikam, wurde sie von einem Kind auf einem kleinen Pony geschnitten, sodass Moondance erschrocken den Kopf nach oben riss. Emily musste sie unelegant zügeln und ein paar Tritte lang hatte sie jeglichen Trabrhythmus verloren.

Emily biss die Zähne zusammen, klemmte die Knie an den Sattel, um vom brüsken Trab der Stute nicht zu hoch hinauskatapultiert zu werden, und vergrößerte den Abstand zu dem unberechenbaren Pony vor sich.

Als der Richter zum Schritt durchparieren ließ, hatte sie wieder alles unter Kontrolle – allerdings nur für den Bruchteil einer Sekunde. Dann wurden sie plötzlich von den anderen Reiterinnen umringt, die alle länger gebraucht hatten, um ihre Pferde in den Schritt zu bringen. Moondance fühlte sich bedrängt und hüpfte zur Seite. Und ausgerechnet in diesem Augenblick gab der Richter das Kommando zum Angaloppieren.

Sofort donnerten alle Pferde um Emily herum los. Moondance sprang an, bevor Emily darauf vorbereitet war, und das auch noch auf dem falschen Bein! Im Außengalopp jagte sie um die Bahn. Damit war die Katastrophe perfekt.

Emily brauchte die Hälfte der langen Seite, um Moondance wieder zum Trab durchzuparieren und dann auf der richtigen Hand angaloppieren zu lassen. Als sie das endlich geschafft hatte und zum Richter hinübersah, trafen sich ihre Blicke.

Hatte er ihren Fehler bemerkt? Wenn ja, wäre das ihr Todesurteil.

Bis zum Ende blieb die Prüfung ein einziger Krampf. Emily war noch nie in so einer riesigen Abteilung geritten. Es war nervig, dass ständig irgendwelche Anfängerinnen in sie hineinritten oder sie schnitten, sodass Moondance nicht zur Ruhe kommen konnte.

Doch Emily kämpfte sich durch und versuchte, die Stute halbwegs zu versammeln. Sie wusste, dass sie bei Weitem die beste Reiterin im Ring war. Sofern die Richter ihr falsches Angaloppieren nicht bemerkt hatten, konnte sie immer noch gewinnen.

Als sie schließlich am Ende der Prüfung zum Grüßen aufmarschierten, sah sie außerhalb des Vierecks ihre Tante stehen. Debby gestikulierte wild mit den Armen und deutete Richtung Showring. Emily nickte. Ihr Herz begann zu rasen bei dem Gedanken an die bevorstehende Prüfung mit Saphir.

Der Richter trat vor die Abteilung und rief die Sechstplatzierte auf. Startnummer einhundertzwölf. Emily sah an sich hinunter und stellte fest, dass sie ihre Startnummer verloren hatte, sie konnte sich auch nicht daran erinnern, welche Zahl sie bekommen hatte.

Doch eine der Teilnehmerinnen kickte ihr Pony nach vorn, um die grüne Schleife in Empfang zu nehmen. Dann wurde der fünfte Platz verkündet. Die rosa Schleife ging an das kleine Mädchen auf dem Pony, das sie vorhin geschnitten hatte. Die weiße Schleife für Platz vier bekam ein Mädchen auf einer hübschen Fuchsstute. Den dritten Platz belegte eine Reiterin auf einem sehr schicken Braunen.

Nervös biss sich Emily auf die Unterlippe. Jetzt wurde es langsam eng.

Zweite wurde ein Mädchen auf einem wunderschönen Schimmel. Emily bekam Herzrasen, als der Richter die Startnummer zwei-null-eins als Sieger aufrief. Fest umklammerte sie die Zügel und blickte nach rechts und links.

Niemand rührte sich. Hoffnung keimte in ihr auf. Hatte sie das Turnier gewonnen? Sie trieb Moondance an … und das Mädchen auf dem kleinen Pony neben ihr tat dasselbe.

Emily wurde heiß und kalt, als sie das siegesgewisse Lächeln auf dem Gesicht ihrer Konkurrentin entdeckte, die höchstens sechs Jahre alt sein konnte. Sie saß auf einem Shetlandpony, das Moondance nicht einmal bis zur Schulter reichte. Schnell parierte Emily ihre Stute durch und schaute zu, wie der Richter die Siegerschleife überreichte.

Unplatziert! In einer Prüfung, für die sie viel zu gut war!

Emily wendete Moondance ab und ritt zum Ausgang. Die Hitze stieg ihr ins Gesicht, als sie Meredith dort auf Halo warten sah. Schnell trieb sie Moondance zu einem flotteren Schritt an.

Merediths Blick zeigte Mitgefühl. »Was ist passiert?«

»Eine Katastrophe!« Emily verdrehte die Augen. »Erzähl ich dir später. Jetzt muss ich mich beeilen, Saphir wartet.«

»Viel Glück!«, rief Meredith ihr hinterher.

»Danke.« Emily zog den Kopf ein, ließ Moondance antraben und schlängelte sich durch die Massen.

Dann atmete sie tief durch. Sie konnte immer noch eine tolle Vorstellung mit Saphir hinlegen und die Springprüfung des einfachen Reiterwettbewerbs gewinnen. Ungläubig schüttelte sie den Kopf. Was für ein Anfängerfehler, sich von den vielen Pferden kirre machen zu lassen!

Rasch versuchte sie, die Prüfung aus dem Gedächtnis zu verbannen. Sie stellte sich vor, Les wäre bei ihr und sagte ihr, sie solle sich beruhigen. Doch kaum hatte sie den Showring erreicht, war es mit ihrer Beherrschung auch schon wieder vorbei.

Saphir war bereits im Ring – geführt von Alison!

»Was?« Sie ritt zum Eingang, wo ihre Tante stand und dem Paar mit unverhohlenem Stolz zusah.

Ihre Tante nickte ihr zu. »Die Show hat angefangen, als du geritten bist. Da musste ich Alison reinschicken.« Sie verschränkte die Arme vor der Brust. »Sieht er nicht toll aus?«

Emily starrte ihre Tante an und konnte einfach nicht verhindern, dass ihr die Tränen in die Augen traten. »Aber ich hab ihn eingeflochten, ich habe ihn zwei Stunden lang geputzt und ich habe mit ihm geübt …!«

Tante Debbys Blick wurde weicher. »Emily, es tut mir leid, Saphir ist hier, um präsentiert zu werden. Das ist die Hauptsache, nicht, dass *du* es bist, die ihn vorstellt. Trotzdem muss ich sagen, er sieht super aus. Das hast du toll gemacht mit seiner Mähne!« Dann wandte sie sich wieder der Show zu. »Vorhin hat sich schon ein Pärchen bei mir nach ihm erkundigt. Drück mir die Daumen!«

Emily umklammerte krampfhaft Moondances Zügel, während sie verfolgte, wie Alison Saphir korrekt vor den Richtern aufstellte und ihm den Hals klopfte.

Er stand perfekt, so wie Emily es ihm beigebracht hatte, mit gespitzten Ohren und aufmerksamem Blick, der ihn wirklich bewundernswert aussehen ließ. Wer hätte ihn nicht haben wollen?

Schmerz breitete sich in Emilys Brust aus. »Welches ist das Pärchen, das sich für ihn interessiert?«, fragte sie.

»Rotes T-Shirt, dort drüben«, erwiderte Debby.

Emily drehte den Kopf zur Seite. Ein paar Meter von ihnen entfernt entdeckte sie einen grauhaarigen Mann mit bordeauxfarbenem Top in der Menge, neben ihm stand eine junge Frau. Seine Tochter vielleicht? Beide beobachteten interessiert Saphir.

Emily verzog das Gesicht, als Meredith Halo neben ihr durchparierte. »Warum stellst du ihn nicht vor?«

»Ich bin zu spät gekommen.« Emily konnte die Wut nicht aus ihrer Stimme heraushalten.

»Oh Mist, verdammt, und wie macht er sich?«

»Bis jetzt ganz ordentlich.«

Gerade ging der Richter um ihn herum und musterte ihn.

»Wart's nur ab«, sagte Meredith. »Du kannst froh sein, dass du nicht da draußen bist. Er ist ein Biest im Showring.«

»Wirklich?« Emily sah zu dem Mann mit dem roten T-Shirt und kreuzte die Finger hinter ihrem Rücken. »Komm schon, Saphir!«, zischte sie leise.

Der Richter sagte etwas zu Alison, die Saphir daraufhin zum anderen Ende des Platzes führte. Emily wurde klar, dass sie jetzt vortraben musste. Alison schnalzte mit der Zunge und Saphir trabte an ihrer Seite die Gerade herunter. Er lief taktvoll und mit Raumgriff und sein Schweif pendelte rhythmisch von rechts nach links. Er war perfekt!

Emily blickte hinüber zu dem Mann mit dem roten T-Shirt und sah, dass die junge Frau ihm etwas zuflüsterte.

Augenblicklich fühlte sie sich elend. Sie ließ ihren Blick wieder zum Showring schweifen und da geschah es …

»Vorsicht!«, rief Meredith.

Emily hielt die Luft an. »Oh nein!«

Saphir bockte, riss Alison den Zügel aus der Hand und raste mit hoch erhobenem Schweif und angelegten Ohren durch den Ring.

Emily konnte nicht anders: Sie musste grinsen, als er an ihr vorüberpreschte und einen soliden Bocksprung zum Besten gab.

Tante Debby knurrte irgendetwas vor sich hin. Dann duckte sie sich unter dem Absperrband hindurch. »Emily«, schrie sie, »komm und hilf uns, Saphir einzufangen!«

Kapitel 11

Sie brauchten beinahe zwanzig Minuten, um Saphir unter Kontrolle zu bringen. Gerade als sie den Ring verließen, kam ihnen Meredith aufgeregt entgegen.

»Emily! Du bist jetzt gleich an der Reihe! Die Springprüfung vom Reiterwettbewerb. Es sind nur noch fünf Pferde vor dir dran, also beeil dich!«

Emily stockte der Atem.

»Sieh zu, dass du aufsitzt und Moondance noch ein bisschen abreitest.« Tante Debby führte Saphir an ihr vorbei. »Ich komme gleich nach.«

Emily schluckte. »Okay.« Sie sah zu Saphir, der schwer atmete. Am liebsten hätte sie ihn umarmt!

»Emily!«

»Ja!« Sie wirbelte herum und rannte zu einer der Zuschauerinnen, die Moondance freundlicherweise für sie festgehalten hatte. »Danke!«

»Kein Problem. Gern geschehen!«

Emily steuerte den Abreiteplatz an, wo schon andere Pferde herumgaloppierten und verschiedene Probesprünge absolvierten, die in der Mitte aufgebaut waren. Emily ließ Moondance antraben – musste die Stute jedoch gleich wieder scharf durchparieren, weil jemand ihren Hufschlag kreuzte.

»Emily! Aus dem Trab über den kleinen Steilsprung!« Tante Debby stand am Rand des Abreiteplatzes, noch immer mit Saphir an der Hand. Seine Flanken hoben und senkten sich.

»Beweg dich endlich!«

Emily stöhnte bei Tante Debbys gereiztem Tonfall, ließ Moondance wieder antraben – und musste sie erneut durchparieren, da sich bereits eine kleine Schlange vor dem Hindernis gebildet hatte. Stirnrunzelnd reihte sie sich ein. Wie sollte sie unter diesen Umständen vernünftig abreiten?

Als der Sprung endlich frei war, nahm Emily die Zügel auf. Aber sie war nicht richtig bei der Sache. Als die Stute absprang, vergaß sie, in die Mähne zu greifen, blieb hinter der Bewegung zurück und wurde bei der Landung nach vorn geschleudert, sodass sie fast über Moondances Schulter ging.

»Emily! Konzentrier dich!«, tönte die Stimme ihrer Tante über den Platz.

Emily versuchte, sich zu beruhigen. Sie musste sich die Reihenfolge der Sprünge einprägen! Hektisch ließ sie ihren Blick zum Springplatz wandern und beobachtete ein Mädchen auf einem Schimmelpony. Erst der Oxer auf der Diagonalen, dann links herum, über das weiße Gatter zur Hürde, rechts durch die Diagonale …

»Nun mach schon«, riss sie plötzlich ein Mädchen aus den Gedanken.

Emily sah zum Trainingssprung. Sie war wieder dran und brachte Moondance in den Trab. Da sah sie aus den Augenwinkeln den Mann mit dem roten T-Shirt mit Tante Debby sprechen!

Und vorbei war es mit ihrer Konzentration.

Moondance hievte sich über den Sprung, blieb hängen, stolperte und brachte Emily aus der Balance. Sie flog in hohem Bogen über den Kopf der Stute und knallte flach auf den Rücken.

Der Schmerz fuhr ihr durch den Körper und raubte ihr den Atem. Sie wollte sich aufsetzen, konnte sich aber nicht bewegen! Tränen liefen ihr übers Gesicht und dann kam die Panik …

»Ganz ruhig, Emily!« Tante Debby hatte sich neben sie gekniet. »Nicht bewegen.«

Emily schüttelte den Kopf, schnappte nach Luft. Ihr Körper schien vor Schmerzen zu explodieren. Sie griff nach ihrer Tante.

»Du bist auf die Nieren gefallen, Herzchen.« Debby hielt ihre Hand fest umklammert. »Bleib ruhig, dann kriegst du gleich wieder Luft.« Sie hob den Kopf und sah sich um. »Wir brauchen einen Krankenwagen!«, rief sie einer älteren Frau zu.

Krankenwagen? Emily erstarrte.

Eine Zeit verging, dann beugte sich mit einem Mal ein Mann über sie, auf dessen Pullover ein rotes Kreuz gedruckt war. »Hallo, Emily. Ich bin Arzt und werde dir helfen. Tut dir dein Rücken weh?«

Emily brachte ein kleines Nicken zustande.

»Weiteratmen!«, sagte der Mann und legte ihr etwas um den Hals. »Versuch, dich zu beruhigen. Du kannst jetzt wieder ganz normal atmen, Emily. Das hier ist eine Halskrause, um deinen Nacken zu stabilisieren.«

Emily wollte etwas sagen, hob den Kopf und schrie vor Schmerz laut auf. Sie versuchte weiter, Luft zu bekommen, und diesmal weiteten sich ihre Lungen tatsächlich etwas.

»Siehst du, geht doch schon wieder.« Der Arzt blickte auf. »Bringt die Trage hier rüber!«

»Nein …«, keuchte Emily und stöhnte auf, als sie hochgehoben wurde.

Tante Debby drängte sich zwischen den Sanitätern hindurch und griff nach Emilys Arm. »Ist okay, Em. Ich rufe deinen Vater an, er wird ins Krankenhaus kommen. Ich werde sehen, ob ich bei dir mitfahren kann. Alles wird gut.«

»Nein …« Emily wollte sich aufsetzen, aber es ging nicht. Sie war auf der Trage festgegurtet worden. Abermals überkam sie schreckliche Panik. Ihr Rücken tat höllisch weh. »Ich muss reiten …«

»Nein.« Tante Debby schüttelte den Kopf. »Du musst ins Krankenhaus.«

Kapitel 12

»Emily!« Die Tür flog auf und ihr Vater kam ins Zimmer gestürzt – in Jeans und Gummistiefeln.

Nachdem Tante Debby sie im Krankenhaus eingeliefert und Scott Bescheid gegeben hatte, war sie zurück zum Turnier gefahren, um sich um Alison und Meredith zu kümmern.

»Daddy!« Tränen kullerten über Emilys Wangen. Sie war froh darüber, nicht mehr allein zu sein.

»Oh, Em!« Mit einem Satz war er bei ihr und schloss sie in die Arme. »Süße, es tut mir leid, dass ich so lange gebraucht habe.« Er küsste sie auf den Kopf.

»Hallo.« Eine Ärztin hatte den Raum betreten. »Ich bin Doktor Truax. Sie sind sicherlich Emilys Vater?«

»Ja.« Er nickte. »Was ist mit meiner Tochter?«

»Sie hat sich böse den Rücken geprellt und hatte Schwierigkeiten beim Atmen, da sie auf den Nieren aufgeschlagen ist. Das ist aber wieder in Ordnung, nicht wahr, Emily?«

Emily seufzte und sank in die Arme ihres Vaters.

»Wir geben deinem Rücken ein paar Tage Zeit, sich zu erholen, und dann ist er so gut wie neu. Sie können sie jetzt mit nach Hause nehmen.« Dr. Truax lächelte Emily freundlich an. »Versuchen Sie beim nächsten Mal, im Sattel zu bleiben, junge Dame!«

Emily schauderte bei dem Gedanken, je wieder springen zu müssen. Es war nur ein kleines Hindernis gewesen und sie hatte sich so böse wehgetan ... Nein, es würde kein nächstes Mal geben. Sie war ein für alle Mal fertig mit Springreiten.

Eine Stunde später saß Emily neben ihrem Vater in *Jake's Burgers*, um sich zu stärken. Sie war immer noch schrecklich erschöpft, hatte aber einen Bärenhunger.

»Dad?«

»Ja, Herzchen.« Scotts Stimme war sanft, als er ihr über das Haar strich.

»Ich will nach Hause.«

»Lass uns doch erst etwas essen.«

»Nein.« Sie sah ihm fest in die Augen. »Ich will zurück nach New Jersey. Ich will, dass alles wieder so ist wie früher.« Ihre Unterlippe zitterte. »Ich will nach Hause!«

Ihr Vater lehnte sich zurück. »Ich …«, er räusperte sich, »ich hatte gedacht, wir wären uns einig, dass wir eine Weile auf der Ranch bleiben.«

Emily richtete sich auf, wobei sie vor Schmerzen aufstöhnte. »Ich habe meine Meinung geändert.«

»Emily!« Ihr Vater beugte sich vor. »Ich habe bereits alles für einen längeren Aufenthalt auf der Farm in die Wege geleitet. Glaub mir, es ist für uns das Beste …«

»Für dich! Nicht für mich!«, fiel Emily ihrem Vater ins Wort und fühlte sich schrecklich allein.

Kapitel 13

Nach dem Abendessen fuhren sie schweigend nach Hause. Emily starrte aus dem Fenster und ließ die Wiesen und Wälder an sich vorbeiziehen. Ihr war immer noch zum Heulen zumute.

Sobald sie auf dem Hof hielten, sprang sie aus dem Wagen.

»Emily.« Ihr Vater wandte sich ihr zu. »Es tut mir wirklich leid, aber du musst meine Entscheidung akzeptieren. Wir bleiben erst einmal hier.«

Ohne ein Wort zu sagen, stürmte Emily ins Haus, direkt in die Arme ihrer Tante.

»Oh, Kleines!« Debby schaute sie besorgt an. »Geht es dir gut? Ich habe mir solche Sorgen gemacht!«

Emily seufzte. »Ja, alles in Ordnung«, log sie und wand sich aus den Armen ihrer Tante. »Hast du Saphir heute verkauft?«

»Nein.« Ihre Tante schüttelte den Kopf. »Sein Benehmen im Showring hat alle potenziellen Käufer abgeschreckt.«

»Wenigstens etwas«, brummte Emily.

»Em …« Die Stimme ihres Vaters klang wütend.

»Du weißt, Emily, dass Saphir zum Verkauf steht«, herrschte ihre Tante sie an.

»Natürlich!« Emilys Kehle fühlte sich mit einem Mal an wie zugeschnürt. Schnell drehte sie sich weg, damit niemand ihre Tränen sehen konnte. Sie musste hier raus – zu Saphir.

Auf dem Weg zu seiner Box kam sie bei Halo vorbei. Dort hingen drei Schleifen – zwei Siegerschleifen und eine Championats-Schärpe. Einen Augenblick lang verharrte sie in der Bewegung. Dann nahm sie eine der Siegerschleifen in die Hand und drehte sie um: Pony-Stilspringen stand darauf. Die andere Siegerschleife hatte Meredith für das E-Springen der 11- bis 14-Jährigen bekommen.

Plötzlich fühlte sich Emily ziemlich beschämt. Meredith hatte das E-Springen gewonnen und das Pony-Stilspringen und war dabei auch noch Champion geworden. Emily dagegen hatte sich weder in der Dressur-

Abteilung des einfachen Reiterwettbewerbs platzieren können noch war sie bei der Spring-Abteilung bis in den Parcours vorgedrungen.

»Ich hab gehört, du hast es heute verpatzt.«

Beim Klang der Stimme ihres Cousins fuhr Emily herum. Sie blinzelte. »Lass mich in Ruhe!« Rasch steckte sie die Schleife zurück an Halos Boxentür und stürmte an Kyle vorbei die Stallgasse hinunter. Ihre Augen brannten und der Rücken tat ihr weh.

Als sie vor Saphirs Box ankam, sank ihre Stimmung auf den Nullpunkt. Alison war gerade dabei, die Zöpfe des Rappen zu lösen. »Oh, Emily! Wie geht's dir?«

Emily gab ein Grunzen von sich. »Ich mache das.« Saphir senkte den Kopf und schnaubte leise.

»Nein, ist schon okay. Du bist verletzt, also …«

»Ich übernehme das!« Emilys Stimme bebte. Sie legte die linke Hand auf Saphirs Nase und streichelte ihn.

»Okay.« Alison trat zurück. »Lass die Bandagen lieber dran. Nach seinem Herumgebocke im Showring ist das besser, falls er seine Sehne wieder überstrapaziert hat.«

Emily nickte und biss sich auf die Lippe.

»Emily!«

Beide fuhren herum, als Meredith auf sie zugestürzt kam. »Mein Gott, tut mir leid, was passiert ist!« Meredith betrachtete sie eindringlich. »Tut es sehr weh? Musst du operiert werden?«

Plötzlich wurde Emily warm ums Herz. »Ich bin in Ordnung. Hab mir nur den Rücken geprellt.«

»Echt? Du bist wirklich gesund?«, hakte Meredith nach.

Emily nickte, schlang den Arm um Saphirs Hals, spürte sein warmes, weiches Fell an der Wange und atmete seinen Duft ein.

Meredith ließ erleichtert die Schultern sinken. »Gut. Du weißt nämlich gar nicht, wie schlimm das ausgesehen hat, als du bewegungslos dagelegen hast und dann vom Krankenwagen abgeholt wurdest. Ich war den ganzen Tag lang verrückt vor Sorge!« Sie blickte zu Alison. »Das war das Schlimmste, was wir je gesehen haben, oder?«

Alison zuckte mit den Achseln. »Sie ist auf die Nieren geknallt und hat keine Luft mehr gekriegt. Kommt vor.«

Emily sah ihre Cousine an und kniff die Augen zusammen. Sie hatte gedacht, sterben zu müssen, und das war alles, was Alison dazu zu sagen hatte.

»Ich habe Moondance schon für dich ausgeflochten«, brummte Alison. »Aber vielleicht möchtest du ja noch einmal nach ihr sehen.«

Die Röte stieg Emily ins Gesicht. »Äh, danke!«

Meredith grinste. »Meine Güte, Emily, du hättest Alison und Icy sehen müssen. Am Ende durften sie in zwei A-Springen starten, das war irre! Sie haben beide gewonnen, und mindestens drei Leute haben Tante Debby gefragt, wo sie den aufgetrieben hat! Er ist so schick – und talentiert!«

Alisons Miene hellte sich auf. »Er war toll, nicht wahr? Und ihr beide, du und Halo, ihr wart auch super. Ihr werdet es in diesem Sommer bestimmt sehr weit bringen.«

»Meinst du?« Meredith strahlte. »Das wäre so cool! Ich würde unheimlich gern bei den Meisterschaften in Harrisburg am Ende des Jahres dabei sein. Ich glaube aber nicht, dass Debby Halo und mich nach Pennsylvania fahren wird oder nach Washington. Das ist so weit weg.«

»Aber wenn wir uns beide qualifizieren, lohnt es, den Weg auf sich zu nehmen.«

»Glaubst du? Bist du mit Icy schon dieses Jahr mit von der Partie?«

Alison wiegte den Kopf hin und her. »Vielleicht doch eher im nächsten. Wir könnten versuchen, in der Wintersaison nach Arizona zu fahren, um ein paar Punkte zu sammeln.«

Meredith quietschte laut vor Begeisterung. »Ernsthaft? Würde deine Mom uns in den Herbstferien runterfahren?«

»Jetzt, wo wir Icy haben, bestimmt.«

Meredith und Alison schlenderten den Stallgang hinunter. Das Letzte, was Emily von ihnen hörte, war: »Wir werden einschlagen wie eine Bombe!«

Traurig blieb sie zurück.

Das gute Gefühl, das Meredith ihr gegeben hatte, war wie weggeblasen.

Saphir schnaubte leise und stupste sie an.

»Oh, Saphir!« Sie band ihn los und presste ihr Gesicht an seines. »Aber dir bedeute ich was, oder?«

Er schnaubte.

»Das war schlau von dir, dich im Showring so danebenzubenehmen!«, flüsterte sie. »Ich weiß, ich sollte das nicht sagen, aber ich bin froh, dass du Tante Debbys Pläne durchkreuzt hast.«

Er stampfte mit dem Vorderhuf auf und schlug mit dem Schweif und Emily wurde wieder leichter ums

Herz. »Du musst nämlich wissen, dass du mein bester Freund bist.«

In diesem Moment wieherte Saphir und drückte die Stirn gegen Emilys Bauch.

Kapitel 14

Du wirst Moondance heute reiten, Emily«, verkündete Tante Debby.

Emily versteifte sich. Sie hatte sich einige Tage erfolgreich vor dem Springreiten drücken können.

Debby nickte. »Wir werden über das reden, was beim Turnier passiert ist, und dann trainieren wir noch an ein paar Hindernissen …«

»Mein Rücken tut immer noch weh«, unterbrach Emily sie. Allein schon bei dem Gedanken ans Springen zog sich ihr der Magen zusammen. Sie war nicht bereit dafür.

Tante Debby studierte sie eingehend. »Die Ärztin hat gesagt, du bist okay. Also werden wir unseren Unterricht fortsetzen.« Tante Debby nippte an ihrem Kaffee. »Außerdem wollte ich noch fragen, was bei der Dressurabteilung passiert ist.«

Emily sah auf ihre Fußspitzen. »Ich weiß nicht.«

Tante Debby hob die Augenbrauen. »Nun, ich denke, es hat dich verunsichert, dass die Abteilung bei dem einfachen Reiterwettbewerb so groß war. Vielleicht ist es gut, wenn du mit Moondance an meinem Gruppenunterricht teilnimmst. Was meinst du?«

Energisch schüttelte Emily den Kopf. »Mein Rücken, also …«

Tante Debby hatte die Augen zusammengekniffen. »In Ordnung, wir können ja noch etwas warten.« Sie seufzte. »Also, was hast du heute vor?«

»Ich wollte gleich nach Herkules sehen.«

»Gut.« Debby stand auf, räumte ihre Tasse in die Geschirrspülmaschine und verließ die Küche.

Eine Sekunde lang war Emily versucht, ihr hinterherzurennen und sie anzubetteln, morgen um zehn *doch* mitreiten zu dürfen, aber dann fiel ihr wieder der Moment ein, in dem sie sich weder bewegen noch atmen konnte, ihre Angst, ihre Panik … und sie schüttelte den Kopf.

Nein, zu früh!

Aus Richtung des Spülbeckens kam ein Wiehern. Emily sah zum Fenster und musste lächeln, als sie Max' grauen Kopf entdeckte. »Hallo, alter Knabe!«

Die Ohren gingen nach vorn. Schnell lief Emily zum Kühlschrank, um einen Kopf Eisbergsalat herauszuholen und aufs Fensterbrett zu legen.

Gerade begann Max, genüsslich daran zu kauen, als Saphir plötzlich ebenfalls zum Küchenfenster hereinschaute.

»Hallo!« Emily wurde leicht ums Herz. »Bist du mal wieder abgehauen?«

Der Rappe schnaubte ohne jedes Schuldbewusstsein und schlug mit dem Kopf. Rasch nahm Emily einen Führstrick vom Haken neben der Tür und trat ins Freie.

»Magst du mit mir zu Herkules kommen?«, fragte sie ihn, während sie den Strick in sein Halfter schnallte. »Vielleicht kannst du ihm zeigen, dass er keine Angst vor mir haben muss.«

Saphir spitzte die Ohren und hob unternehmungslustig den Schweif. Und mit Max im Schlepptau marschierte Emily zur hinteren Weide.

Der Himmel war strahlend blau, keine Wolke war zu sehen.

Max wieherte und reckte seinen kleinen Kopf in die Höhe. Emily folgte seinem Blick und stellte fest, dass er Herkules ansah, der in der Nähe des Zauns graste.

Emily hielt den Atem an, als der alte Schimmel auf das Shetlandpony zuging und ihm die Nase entgegenstreckte. Herkules tat es ihm nach und eine Weile beschnupperten sie einander mit bebenden Nüstern.

Dann wieherte Max leise, senkte den Kopf und stupste Herkules an.

Emilys Herz fing schneller an zu schlagen. Das verängstigte kleine Pony hatte einen Freund gefunden.

Kapitel 15

»Hallo, Süßer!« Emily bemühte sich, ihre Stimme leise und freundlich klingen zu lassen. »Schön, dich wiederzusehen.«

Herkules' Kopf fuhr empor. Seine Augen waren weit aufgerissen, er scheute und sprintete in Panik vom Zaun fort.

Seufzend lehnte sich Emily an den Zaun neben Max, der dem Shetlandpony hinterherblickte. »Warum hat er nur solche Angst?«

Herkules zog einen Kreis und kam dann zurück, um in etwas größerem Abstand zum Zaun stehen zu bleiben. Seine kleinen Beine waren gespreizt, er hatte den Kopf hochgerissen, seine Nüstern bebten, doch er ließ Max nicht aus den Augen.

Emily seufzte. »Na kommt!« Sie ging mit Saphir zum Weidetor und öffnete es. Dann führte sie Saphir auf die Koppel, gefolgt von Max. Emily streckte die Hand aus, um den Schimmel zu streicheln, da ergriff das Shetlandpony die Flucht und blieb erst zwanzig Meter weiter stehen, um erneut ihre Witterung aufzunehmen.

Nach einer Viertelstunde näherten sich Herkules und Max wieder an, wobei das Shetty darauf achtete, einen möglichst großen Abstand zu Emily zu wahren.

»Hey, kleiner Kerl, ist okay!« Sie hielt ihm die Hand entgegen. Augenblicklich begann er, schrecklich zu zittern. »Ist ja gut.« Sie ließ die Hand sinken. Währenddessen trat Saphir hinter sie, legte ihr den Kopf auf die Schulter. »Siehst du, Saphir weiß, dass ich nett bin.« Von da an versuchte sie es gar nicht mehr, näher an Herkules heranzukommen. Stattdessen erzählte sie ihm von ihrem furchtbaren Tag beim Turnier. »Ich weiß, wie du dich fühlst«, schloss sie. Der Ponywallach hatte aufgehört zu zittern. Emily lächelte ihn freundlich an. »Und jetzt muss ich weg, aber ich komme dich später noch mal besuchen, und Max lasse ich hier bei dir.« Herkules drehte ein Ohr in ihre Richtung. »Wow, wir machen ja richtig Fortschritte.« Doch gerade als sie sich umdrehte, riss Herkules den Kopf hoch und wich zurück.

»Verflixt! Sorry!« Emily seufzte. Wenn sie keinen Weg fand, zu ihm vorzudringen, würde der arme Herkules sein ganzes Leben in Angst vor den Menschen verbringen. Sie ballte die Fäuste. Das würde sie nicht zulassen! Irgendwie würde sie einen Weg finden, ihm zu helfen.

Kapitel 16

Am Abend beim letzten Gang durch den Stall erzählte Emily ihrer Tante von Herkules und wie sehr sie sich um ihn sorgte.

Debby schwieg einen Moment, ehe sie antwortete: »Bring Max morgen früh in den Stall und lass Herkules hinterherlaufen. Sieh zu, ob du sie beide in eine Box schaffen kannst.«

»In eine Box?« Emily runzelte die Stirn. »Wird ihm das nicht noch mehr Angst machen?«

»Wir müssen ihn uns ansehen, Em, untersuchen, ob er gesund ist. Wir werden vorsichtig sein. Du könntest das nach deiner Reitstunde machen.«

»Nach meiner Reitstunde?« Emily betrachtete ihre Schuhspitzen. »Ich weiß nicht …«

»Aber ich. Um acht Uhr, keine Diskussion.« Und damit ging ihre Tante davon.

Emily starrte ihr nach und kaute auf ihrer Unterlippe herum, als Kyle plötzlich in der Stallgasse auftauchte. »Angst?«, fragte er.

Sie rieb sich den Unterkiefer. »Ich hab keine Angst. Was machst du hier?«

Kyle hielt einen Hufkratzer hoch und zog eine Grimasse. »Mom lässt mich die Hufe von allen Pferden auskratzen, weil ich beim Mittagessen mit dem Gameboy gespielt habe. Hilfst du mir?«

»Nein.« Emily schüttelte den Kopf. »Bist du denn gar nicht sauer auf Debby?«

»Doch, aber das darfst du dir niemals anmerken lassen. Das ist der Trick.« Kyle lehnte sich an die Stallwand. »Du bist also böse runtergefallen und jetzt hast du Schiss vorm Springen?«

Emily straffte die Schultern. »Ich habe keine Angst. Ich gehe morgen zur Reitstunde.« Genau das würde sie tun. Sie hatte noch nie in ihrem Leben Angst vor Pferden gehabt und sie würde jetzt nicht damit anfangen!

»Ich hasse Reiten«, sagte Kyle.

Emily blinzelte ihn überrascht an. »Ernsthaft?«

»Ja! Gameboy spielen macht viel mehr Spaß.« Kyle warf ihr einen gequälten Blick zu und Emily konnte sich nur mühsam ein Lachen verkneifen. »Wenn ich erst mal achtzehn bin und ausziehen kann, werde ich nie wieder ein Pferd angucken.«

»Kyle!« Tante Debbys Stimme hallte durch den Stallgang. »Mach dich an die Arbeit!«

Ihr Cousin stöhnte. »Muss los, bis später.« Er joggte die Stallgasse hinunter und verschwand um die Ecke.

Emily wollte sich gerade Saphirs Box zuwenden, als sich ihr plötzlich Kathleen in den Weg stellte.

»Hallo, Emily!«

»Hi!«

»Ich habe gehört, du hast dich verletzt?« Kathleen krauste die Stirn.

»Bei mir ist alles okay.«

Ihre Cousine nickte. »Dann ist ja gut. Ich mag dich nämlich. Ich will nicht, dass du verletzt bist.«

Emily musste lächeln angesichts der ernsten Miene von Kathleen. »Danke.« Sie zögerte. »Hast du wirklich schon einen Reiterwettbewerb gewonnen?«

Kathleen legte den Kopf schief. »Hab ich. Willst du wissen, wie's geht? Soll ich dir mein Geheimnis verraten?«

Emily konnte nicht anders, als zu lachen. »Ja bitte.«

Kathleen beugte sich vor und senkte die Stimme. »Meine Mom hat mir gesagt, dass ich mich mit meinem Pony verbünden muss, um zu gewinnen. Also hab ich Copper vor der Prüfung versprochen, dass er ein Eis bekommt, wenn wir Erste werden. Und er lief perfekt.« Sie legte den Finger auf die Lippen. »Aber nicht weitersagen! Es ist ein Geheimnis!«

Emily setzte ebenfalls eine ernste Miene auf. »Bestimmt nicht. Danke, dass du mir vertraust. Ich bin mir sicher, dass es bei Saphir auch funktionieren würde. Er liebt Eiscreme.«

Kathleen nickte. »Er ist mit Sicherheit ein Eiscreme-Typ.« Sie streichelte seinen Kopf. »Deswegen hat er sich bei Alison während der Show auch danebenbenommen. Alison hätte ihm niemals Eiscreme gegeben.« Dann beugte sich ihre Cousine verschwörerisch zu ihr vor. »Der Trick mit dem Eis funktioniert nicht bei Mom.«

»Nein? Zu schade.«

»Aber Tränen wirken«, flüsterte Kathleen.

Emily hob die Augenbrauen. »Ehrlich?«

Kathleen nickte eifrig. Dann schlug sie sich mit der Hand vor den Kopf. »Fast hätte ich es vergessen. Ich schmeiß morgen Nachmittag eine Party in der Scheune. Ich wollte meine Freundin Tanja und dich einladen. Hast du Zeit?«

»Ich werde kommen«, versprach Emily und ihre schlechte Laune war wie weggeflogen.

Und mit einem Mal erschien ihr die Springstunde am nächsten Tag gar nicht mehr so furchterregend.

Kapitel 17

Als Emily am nächsten Morgen in den Stall kam, fühlte sie sich ganz kraftlos. Sie wollte Moondances Trense vom Haken nehmen, aber ihre Hand zitterte so sehr, dass sie sie fallen ließ. Das metallene Gebissstück klapperte über den Steinfußboden. Atemlos lehnte sie sich an die Wand und schloss die Augen. Ihr Herz hämmerte wie wild. Angstschweiß lief ihr den Rücken herunter. Sie versuchte, einen klaren Kopf zu bekommen, doch alles, woran sie denken konnte, war der Augenblick, in dem Moondance am Hindernis gestrauchelt war und sie aus dem Sattel katapultiert wurde …

Emily schüttelte sich und straffte die Schultern. Sie musste sich zusammenreißen. Mit einem Seufzer hob sie die Trense vom Boden auf und steuerte auf Moondances Box zu.

Die hübsche Stute erwartete sie schon und schnaubte ungeduldig, als Emily die Stallgasse betrat.

Zwanzig Minuten später hatte Emily Moondance abgeritten.

»Bist du bereit?«, fragte Tante Debby und kam auf den Reitplatz marschiert. Sie trug Jeans und Gummistiefel und hatte die Haare mit einem roten Kopftuch zurückgebunden.

»Äh, ja …«

»Prima.« Tante Debby kontrollierte Moondances Sattelgurt, dann legte sie Emily die Hand aufs Knie. »Wie geht's dir?«

Emily wich dem bohrenden Blick ihrer Tante aus. »Gut.«

Tante Debby kniff einen Moment lang die Augen zusammen und tätschelte schließlich Emilys Oberschenkel. »Okay, dann einmal über das Stangenkreuz.«

Emily nickte, nahm die Zügel auf und ließ Moondance antraben. Als sie jedoch außen an dem Hindernis vorbeikam, scheute Moondance und hob misstrauisch den Kopf.

Schnell parierte Emily sie durch und sah zu ihrer Tante. »Sie ist heute ganz schön nervös.«

Tante Debby zuckte mit den Achseln. »Das geht schon. Mach weiter!«

Emily atmete tief durch, trabte erneut an und ritt mit Moondance einmal um die ganze Bahn. Dann wendete sie sie auf einen Zirkel ab und trabte auf das Hindernis zu. Moondance riss in diesem Moment abermals den Kopf in die Höhe und legte die Ohren an … und Emily zwang sie zu einer scharfen Volte vor dem Hindernis, sodass sie knapp seitwärts am Ständer vorbeipreschte.

»Was war denn das?«, wollte ihre Tante wissen.

»Schlecht angeritten«, murmelte Emily. Sie nahm die Zügel in eine Hand und wischte sich die andere an ihrer Reithose ab. Sie zitterte am ganzen Körper.

»Emily!« Ihre Tante klang ungeduldig. »Trab über den Sprung!«

»Ja, okay!« Wieder nahm Emily den langen Weg durch die Bahn und ignorierte die Aufforderung ihrer Tante, auf dem Zirkel abzukürzen.

Anschließend lenkte sie Moondance erneut auf das Hindernis zu, und dann wurde ihr bewusst, dass sie auf keinen Fall springen wollte.

Moondance verweigerte in letzter Sekunde, ihre Hinterhand schlitterte über den Boden, mit den Vorderbeinen krachte sie gegen das Hindernis, stolperte und riss die Stangen aus der Halterung.

»Emily? Warum reitest du nicht vorwärts?«

Emily manövrierte Moondance aus dem Stangenchaos heraus, parierte durch und glitt aus dem Sattel. Fast hätten ihre Beine unter ihr nachgegeben, als sie den Boden berührte. »Ich kann nicht!«, sagte sie mit bebender Stimme. »Mein Rücken tut so weh. Ich kann den Sprung …«, sie schluckte, »nicht aussitzen.«

»Emily.«

Sie sah ihre Tante nicht an. Stattdessen löste sie den Sattelgurt und zog die Steigbügel hoch. »Ich bringe Moondance wieder in den Stall. Ich glaube, ich brauche noch eine Woche. Mein Bein tut auch weh. Nicht, dass da noch ein bleibender Schaden …«

»Emily …«

»Ist schon gut. Ich habe so mehr Zeit, mich um Herkules zu kümmern, okay? Er braucht mich.« Emily führte Moondance am Zügel hinter sich her vom Reitplatz. Ihre Wangen glühten.

»Emily!«

Endlich drehte sie sich um und sah ihre Tante an. »Ja?«

»Was ist los mit dir?«

Emily schüttelte den Kopf. »Ich fühle mich halt nicht so gut.«

Tante Debby seufzte und nickte. »Verstehe. Also dann … Wir versuchen es gegen Ende der Woche noch mal.«

Emily drehte sich um und sah zu, dass sie wegkam.

Kapitel 18

Als Emily mit Saphir im Schlepptau die hinterste Weide erreichte, hatte sie einen Entschluss gefasst: Es war vollkommen egal, ob sie jemals wieder Springtraining hatte.

Sie war eine Dressurreiterin und Dressurreiterinnen sprangen nicht. Alles war in Ordnung. Mehr als in Ordnung, weil sie sich nicht länger vorgaukeln musste, es wäre alles okay, was nicht stimmte.

Herkules entdeckte sie, wirbelte herum und flüchtete vor ihr ans andere Ende der Koppel.

»Guten Morgen, mein Süßer!« Emily öffnete das Tor. Augenblicklich hob Max den Kopf und wieherte zur Begrüßung. »Ich werde dich nicht in Ruhe lassen, Herkules. Glaub mir, dein Leben wird viel, viel besser sein, wenn du keine Angst mehr vor uns Menschen hast.«

Herkules trabte zu Max hinüber und drückte sich an ihn, während Saphir die beiden interessiert musterte. »Okay, dann mal los.«

Emily ging zu Max hinüber, wobei sie darauf achtete, Saphir immer zwischen sich und Herkules zu haben. Das kleine Pony ließ sie nicht aus den Augen, machte aber auch keine Anstalten davonzulaufen. »Siehst du? Ich bin gar nicht so angsteinflößend. Egal, was dir Schlimmes zugestoßen ist, es wird nie wieder passieren, versprochen! Von jetzt an wird alles gut!« Emily hakte den Führstrick in Max' Halfter ein und begann, ihn und Saphir zum Tor zu führen. »Komm mit, Herkules.«

Doch dieser dachte gar nicht daran. Er wirkte so einsam und verängstigt, dass Emily am liebsten sofort wieder umgekehrt wäre.

Sie blieb stehen. »Auf, Herkules. Du kannst dich nicht dein Leben lang hier draußen verstecken! Was glaubst du, was es alles für leckere Sachen im Stall gibt! Lauf einfach hinter Max her!«

Herkules blähte die Nüstern.

»Okay, wie du willst, aber du verpasst was!« Emily zwang sich weiterzugehen und flüsterte Max zu: »Sag ihm, dass er mitkommen soll!«

Als hätte er sie verstanden, sah Max zurück zur Koppel und wieherte laut.

Herkules hob den Kopf und spitzte die Ohren. Dann drehte auch Saphir den Kopf und schnaubte.

Emily hielt die Luft an, als Herkules einen kleinen Schritt auf sie zu machte.

Dann noch einen.

Und noch einen.

Und plötzlich galoppierte er los. Seine kleinen Hufe trommelten über den Boden und mit bebenden Flanken und weit aufgerissenen Nüstern kam er neben Max zum Stehen.

»Sehr gut«, flüsterte Emily. »Zeit für einen Spaziergang.« Auf dem Weg zum Stall redete sie unaufhörlich auf die Pferde ein. Herkules rückte immer dichter an Max heran, je näher sie dem Gebäude kamen.

Emily sah Kyle eine Schubkarre über den Hof schieben und änderte schnell die Richtung. Max' Box befand sich in dem belebteren Teil des Stalls, deshalb traf sie rasch eine Entscheidung. »Dann müssen wir uns halt deine Box ausleihen, Saphir.«

Sie führte die Pferde rechts herum zum Seiteneingang. Als sie durch die Tür gingen, presste sich Herkules so eng an Max, dass ihre Bäuche aneinanderrieben.

Den Schimmel schien das aber wenig zu stören. Er legte eine Munterkeit an den Tag, die Emily bei dem alten Knaben noch nie gesehen hatte. Seine weißen Ohren waren gespitzt, sein Schweif pendelte und selbst sein Rücken schien plötzlich weniger durchzuhängen.

Herkules trottete brav hinter ihm her und Emily schloss die Tür hinter den beiden.

Sie spähte in die Box. Die beiden Pferde beschnupperten ihre neue Umgebung. Zu Emilys Überraschung schien sich Herkules pudelwohl zu fühlen.

»Em?«

Sie sah ihre Tante den Stallgang entlangkommen und sagte: »Herkules ist hier drin. Er ist einfach hinter Max hergelaufen.«

»Gute Arbeit.« Ihre Tante klopfte Saphir.

Beim Klang der neuen Stimme wurde Herkules jedoch sofort wieder nervös. Schnell versteckte er sich hinter seinem Freund. Tante Debby musterte den Neuankömmling, dann öffnete sie behutsam die Boxentür und schlüpfte hinein. »Rede weiter mit ihm, Emily, damit er eine vertraute Stimme hört.«

Emily beugte sich über die Tür. »Hey, Herkules, das ist meine Tante. Sie kümmert sich wirklich gut um … ihre Pferde.«

Tante Debby sah zu ihr herüber, zweifelsohne hatte sie das Zögern in ihrer Stimme bemerkt, und so fuhr Emily hastig fort: »Also, sie ist wirklich nett zu Pferden, du kannst ihr vertrauen.«

Tante Debby trat hinter Max, und augenblicklich schlüpfte Herkules um dessen Hinterhand herum und tauchte auf der Emily zugewandten Seite wieder auf, so weit weg von Tante Debby wie nur möglich. Tante Debby folgte ihm und versuchte, ihn in mildem Ton sanft zu locken.

Nicht, dass Herkules sich austricksen ließ. Er blieb immer außer Reichweite von Tante Debby, so sehr sie sich auch bemühte, an ihn heranzukommen.

Von der Tür aus konnte Emily sehen, wie gestresst er war, wie sehr er schwitzte und wie sehr seine Flanken bebten.

Nach einer Viertelstunde sah Tante Debby zu Emily. »Gib mir einen Führstrick!«

Emily nahm den, der an Saphirs Boxentür hing. »Meinst du nicht, dass er Panik bekommt, wenn du ihn anbindest?«

Tante Debby verzog das Gesicht. »Wahrscheinlich schon. Aber ich muss ihn kurz untersuchen und hoffe, dass ihn das nicht zu weit zurückwirft.«

Als Herkules ihr wieder zu entkommen versuchte, warf Tante Debby ihm den Strick über den Hals und fing ihn ein. Herkules blieb sofort stehen und gab auf, als wüsste er, dass er keine Chance mehr hatte. Er rollte mit den Augen, und sein Körper zitterte, als würde er gleich kollabieren.

»Oh, Herkules!« Emily öffnete die Tür, um hineinzugehen, wurde aber von Tante Debbys erhobener Hand aufgehalten.

»Noch mehr Leute machen ihn umso nervöser.« Tante Debbys Stimme war so leise, dass Emily sie kaum hören konnte. »Rede mit ihm von da aus, wo du stehst.«

Max wieherte und drückte sich an Herkules heran, und Saphir streckte ihm über die Tür hinweg den Kopf entgegen. Doch das kleine Pony zitterte weiter, und in dem Moment, als Tante Debby zum ersten Mal seine Fessel berührte, scheute es entsetzt zurück und prallte gegen Max. »Ist okay, Herkules«, säuselte Tante Debby, während sie rasch ihre Hände über seine Beine gleiten ließ. Sie redete weiter auf ihn ein, während sie die Hufe inspizierte.

»Und? Wie geht's ihm?«, fragte Emily nach einer Weile.

Tante Debby klopfte den Rücken des falben Ponys und stand auf. »Gar nicht so schlecht. Seine Hufe müssen ausgeschnitten werden, und ein Bein ist ein bisschen angelaufen, aber nichts, was dringend behandelt werden müsste.« Ihre Tante durchquerte die Box, langsam und mit geschmeidigen Bewegungen, um das Pony nicht zu verschrecken. »Was er im Moment am meisten braucht, ist Zeit.«

Emily öffnete ihr die Tür. »Und? Was kann ich für ihn tun?«

Tante Debby legte den Kopf schief, während Emily die Tür wieder schloss. »Ich bin mir nicht sicher, muss da noch mal in mich gehen.«

»Okay.« Emily war fest entschlossen, alles für Herkules zu tun.

»Würdest du Max und Herkules zurück auf die Koppel bringen?«, fragte Tante Debby.

»Ja, klar.« Emily öffnete die Tür, ging hinein und nahm Max an den Führstrick, während Herkules auf die andere Seite des Schimmels flüchtete. Doch als sie sich der Tür zuwandte, um die Pferde hinauszuführen, bemerkte sie den eindringlichen Blick ihrer Tante.

»Was ist?«

»Du bewegst dich gut.«

»Wie meinst du das?«, fragte Emily.

»Gar nicht so, als hättest du noch Rückenschmerzen.«

»Oh, äh …« Emily berührte ihren Rücken, den sie vollkommen vergessen hatte. »Er … tut nur beim Springen weh.«

»Aha!« Tante Debby bedachte sie mit einem langen Blick, drehte sich um und marschierte davon.

Und Emily hatte mit einem Mal ein flaues Gefühl in der Magengegend.

Kapitel 19

Später am Abend fand Scott Summers seine Schwester am Küchentisch sitzend vor. Alle anderen waren schon schlafen gegangen, lediglich Debby war noch wach. Er ließ sich ihr gegenüber auf einen Stuhl fallen. »Hast du mal eine Minute?«

Debby sah von ihrem Laptop auf. Sie wirkte müde und gestresst, und er war froh, sich dafür entschieden zu haben, eine Weile lang auf der Farm zu bleiben, um dabei mitzuhelfen, die Geschäfte wieder ins Rollen zu bringen.

»Sicher, was ist los?«, fragte seine Schwester.

»Es ist wegen Emily.«

Debbys Miene war angespannt.

»Ich glaube …« Scott machte eine Pause und überlegte, wie er seine Bedenken am besten formulieren sollte. »Ich weiß, dass du alles getan hast, um sie auf der Farm willkommen zu heißen und sie zu integrieren. Aber momentan läuft das nicht allzu gut.«

Debby seufzte und lehnte sich zurück. Jetzt sah sie noch erschöpfter aus. »Mir ist klar …« Sie schüttelte den Kopf. »Denkst du, es ist, weil ich sie im Krankenhaus zurückgelassen habe?«

»Unter anderem, ja.« Scott beugte sich vor. »Ich denke, da haben wir eine falsche Entscheidung getroffen. Kein Kind sollte in solch einer Situation allein sein.« Er konnte die Anspannung nicht aus seiner Stimme heraushalten.

Er hatte einen Streit erwartet, aber Debby nickte. »Ich weiß. Ich habe einen Fehler gemacht.« Sie seufzte. »Aber das ist noch nicht alles, oder?«

Scott schüttelte den Kopf. Erleichtert darüber, dass Debby ihm zugestimmt hatte.

»Ich glaube, Emily ist einsam, fühlt sich hier nicht zu Hause.«

Debby klappte ihren Laptop zu und schenkte Scott ihre volle Aufmerksamkeit. »Ich habe versucht, ihr eine Springstunde zu geben, aber sie war nicht interessiert. Ich weiß nicht, was ich tun soll. Für Dressurunterricht bin ich nicht die Richtige, wenn es das ist, was sie braucht …«

»Nein.« Scott rieb sich das Kinn. »Ich glaube ... ich glaube, ihr fehlt das Gefühl dazuzugehören.«

Debby musterte ihn. »Es wäre einfacher für sie gewesen, wenn du schon früher einmal mit ihr hergekommen wärst.«

Scott wollte von Debbys Vorwurf nichts hören. Er hatte sich wegen seiner Rückkehr schon genug den Kopf zerbrochen und wollte das jetzt nicht mit ihr ausdiskutieren. »Was hältst du von einem kleinen Wanderritt mit Picknick? Wie in alten Zeiten?«

Debby hob die Augenbrauen. »So einen Wanderritt haben wir ewig nicht mehr unternommen. Ich habe auch gar nicht die Zeit, einen ganzen Tag lang ...«

»Wir müssen uns die Zeit nehmen.« Scott nickte, er war sich seiner Sache sicher. »Und zwar wir alle.« Er sah seiner Schwester in die Augen. »Es ist wichtig, dass wir Beziehungen knüpfen, du ebenso wie ich. Du zu Emily, ich zu deinen Kindern und zu Rick, und Emily zu allen anderen.«

Debby starrte zu Boden und Scott wusste, dass sie an all die Arbeit dachte, die erledigt werden musste.

»Es wird dir nichts davonlaufen, wenn du dir einen Tag freinimmst.« Er beugte sich vor. »Und, leistest du uns morgen Gesellschaft?«

Als Debby darauf nicht antwortete, schob er seinen Stuhl vom Tisch zurück und ging zur Tür. Er war schon fast zur Küche hinaus, als seine Schwester sich räusperte.

»Scott?«

Er drehte sich noch einmal um. »Ja?«

Sie lächelte ihn erschöpft an. »Wir werden morgen alle mit auf den Wanderritt kommen.«

Scott musste grinsen. Plötzlich fühlte er sich, als wäre er wieder der Fünfzehnjährige, der sich auf den Tag draußen in den Wäldern freute.

Am nächsten Morgen kam Emily in die Küche. Meredith und Kathleen waren gerade dabei, Brote zu schmieren. Eine Reihe lederner Satteltaschen lag neben mehreren Wasserflaschen auf dem Tisch. Eine Pfanne mit frisch gebackenen Brownies stand auf der Anrichte.

Der Schokoladenduft überwältigte Emily schon in dem Augenblick, als sie die Tür aufstieß, und ihr lief das Wasser im Munde zusammen, bevor sie die Brownies überhaupt gesehen hatte. »Was ist denn hier los?«

»Wir brechen gleich zu einem Wanderritt auf«, verkündete Meredith. »Kathleen und ich bereiten das Picknick vor. Die anderen erledigen rasch die Stallarbeit, damit wir gleich los können.« Sie warf Emily eine Plastikbox zu. »Würdest du die Brownies einpacken?«

Emily fing die Box auf. »Ein Geländeritt? Wer kommt denn alles mit?«

»Die Familie«, sagte Kathleen. »Und Meredith, weil sie quasi dazugehört.« Sie griff nach einer großen Tüte Kartoffelchips und stopfte sie in eine der Satteltaschen.

»Oh.« Die Familie! Das Letzte, was Emily sich wünschte, war, einen ganzen Tag mit den Leuten zu verbringen, in deren Gegenwart sie sich überhaupt nicht wohlfühlte. »Ich glaube, ich kann heute nicht, mein Rücken …«

»Nein!«, unterbrach Meredith sie. »Du kommst mit. Es wird ein Riesenspaß!«

»Yeah!« Kathleen baute sich hinter Meredith auf, stemmte die Hände in die Hüften, kaute knuspernd einen Kartoffelchip und wiegte dabei die Hüften. »Du wolltest heute ja eigentlich an meiner Party in der Scheune teilnehmen, und jetzt machen wir das hier, also hast du schon Ja gesagt!«

Emily starrte Meredith und Kathleen an, und ihr wurde klar, dass sie nicht nur so taten, als wollten sie sie dabeihaben! »Dann bleibt mir wohl nichts anderes übrig.«

»Juchuuu!« Meredith warf die Hand in die Höhe und ließ sich von Kathleen abklatschen, und dann klatschten sie beide Emily ab, zweimal.

Emily lachte, als Kathleen sie auch noch ein drittes Mal abklatschte. »Und, braucht ihr Hilfe?«

»Na klar!« Meredith gab Emily ein Messer. »Schneid die Brownies auseinander. Los, Mädchen, Endspurt! Und gib mir einen, bevor du sie einpackst. Ich hab tierischen Schmacht auf Schokolade.«

»Ich will auch einen!«, rief Kathleen.

Emily summte fröhlich vor sich hin, während sie die Brownies aufschnitt, den anderen beiden je einen gab und auch einen für sich aufhob, bevor sie sie in die Plastikbox packte. Kathleen und Meredith wirbelten in atemberaubender Geschwindigkeit in der Küche herum und stopften sich das Essen genauso schnell in den Mund, wie sie die Satteltaschen packten.

Kathleen nahm eine kleine Plastikschachtel aus dem Kühlschrank. »Lachscreme für die Cracker?«, fragte sie mit gerümpfter Nase.

Die drei Mädchen sahen einander an und riefen dann wie aus einem Munde: »Nein!« Anschließend kicherten sie wie verrückt, als Kathleen den Deckel abriss und die Schachtel unters Fensterbrett stellte, damit

Max sie auslecken konnte, wenn er das nächste Mal vorbeikam.

Emily grinste Meredith an, und während sie begann, saure Gurken einzupacken, freute sie sich plötzlich riesig auf den Tag mit der Familie.

Kapitel 20

Nach fast zwei Stunden im Sattel ließ sich Emily ein wenig hinter den anderen zurückfallen. Sie hatte keine Lust mehr zu erklären, warum sie nicht springen konnte, und auch von ihrem verpatzten Turnier wollte sie nicht länger sprechen. Natürlich machten die anderen es auch Alison nicht leicht. Immer wieder rieben sie ihr den furchtbaren Auftritt mit Saphir in der Showklasse unter die Nase. Alison ließ das jedoch kalt.

Emily hatte aber nicht so ein dickes Fell wie ihre Cousine.

Sie war es nicht gewohnt, dass sich so viele Menschen in ihre Angelegenheiten einmischten.

Ihr Blick wanderte zu Meredith und Alison, die auf ihren wundervollen Pferden saßen, und Emily musste an Saphir denken.

Sie hatte ihn nicht reiten dürfen, weil er zu unberechenbar war. Tante Debby hatte Angst gehabt, dass er sie früher oder später in den Dreck setzen und abhauen würde.

Er fehlte Emily. Sehr sogar.

Sie wusste, dass Tante Debby wahrscheinlich recht hatte mit ihrer Befürchtung, dass sich Saphir danebenbenehmen würde, aber das war ihr egal. Es war einfach nicht dasselbe ohne ihn.

»Em?«

Emily sah zu ihrem Vater hinüber, der einen großen Dunkelbraunen namens Spartakus ritt. Das Pferd war temperamentvoll und energiegeladen, und ihr Vater hatte in den ersten beiden Stunden alle Hände voll zu tun gehabt, es unter Kontrolle zu halten. Emily war ziemlich beeindruckt von seinen Reitkünsten. Sie hatte nicht gewusst, wie talentiert er im Sattel war. »Du reitest gut.«

Ihr Vater lächelte. »Ja, so langsam geht's wieder.« Er klopfte Spartakus' muskulösen Hals. »Ich hab gar nicht gewusst, wie sehr mir das gefehlt hat.« Er warf Emily einen Seitenblick zu. »Wenn ich das geahnt hätte, wäre ich öfter mit dir zum Stall gefahren und hätte Reitunterricht genommen.«

Emily schnaubte. »Dressurstunden? Du hältst Dressur doch für nutzlos!«

Scott zog die Augenbrauen hoch. »Tue ich das?«

Emily sah ihn an und dachte an die vielen, vielen Stunden, die er mit ihr auf Dressurturnieren zugebracht hatte. Und an all das Geld, das er ausgegeben hatte, um ihre Reitbeteiligungen zu finanzieren. Und daran, wie er sich zum hunderttausendsten Mal ihr Geplapper über ein Turnier oder eine Reitstunde oder ein bestimmtes Pferd angehört hatte. Und niemals hatte er die Wild Horse Ranch erwähnt. Ihr vorgeschlagen, es mal mit Springreiten zu versuchen.

Ihr Vater tätschelte ihr Bein. »Emily, ich finde Dressur großartig und ich halte dich für eine fantastische Reiterin. Dressur ist wirklich sehr schwierig, und ich weiß, wenn ich Dressurstunden nehmen wollte, müsste ich alles von der Pike auf lernen, weil es da so viele Dinge gibt, die man als Spring- und Jagdreiter niemals richtig beigebracht bekommt.«

»Absolut! Da wäre zum Beispiel ...« Emilys Stimme verebbte, als ihr bewusst wurde, was ihr Vater eigentlich gesagt hatte. »Du meinst, ich muss mich nicht schämen, als Springreiter noch einmal ganz von vorn anzufangen?«

Ihr Vater nickte. »Springen ist anders. Es ist eine andere Welt. Aber du wirst schnell aufholen, solange du dir selbst die Chance dazu gibst.« Er beugte sich zu ihr herüber. »Ich hab dich lieb, Em.«

Sie blickte zu ihm hoch und sah die Aufrichtigkeit in seinem Blick.

»Ich bin sicher, es ist gut für uns, auf der Wild Horse Ranch zu sein. Ich regele meine Geschäfte erst einmal von hier aus. Und du hast Zeit«, er hielt kurz inne, »deine Familie kennenzulernen.« Er lächelte und deutete auf die Berge in der Ferne. »Ist das nicht wundervoll?«

Emily folgte seinem Blick, betrachtete die hohen Bäume und die Reihe schwingender Pferdekruppen vor sich. Und dann drehte sich Meredith im Sattel nach ihr um und grinste. Emily winkte ihr zu und blickte wieder zu ihrem Vater, der sie mit zufriedener Miene betrachtete.

»Wann hast du zum letzten Mal einen ganzen Tag zusammen mit mir *und* den Pferden verbracht?«, fragte er sie. »Ich bin so froh, dass wir das zusammen genießen können.«

Sie nickte. Er hatte recht. Gedankenverloren klopfte sie Moondances Hals und schnappte nach Luft, als

Tante Debby vor ihr plötzlich jauchzte und ihr Pferd zum Galopp anspornte. Die anderen Pferde schossen ebenfalls vorwärts, einschließlich Moondance. Emily stellte sich in den Steigbügeln auf und gab der Stute die Zügel hin, während sie über den Waldweg galoppierten und die Hufe von acht Pferden den Boden erbeben ließen.

Onkel Rick rief etwas über die Schulter, was sie nicht verstand, und plötzlich begannen alle zu singen. Emily kannte das Lied nicht, aber es handelte von den alten Zeiten im Wilden Westen und den Cowboys in der Prärie.

Alle grölten mit, einschließlich ihres Vaters, und auf einmal musste Emily loslachen. »Ihr seid total verrückt!«

»Wusstest du das nicht?«, rief ihr Vater lachend und trieb Spartakus neben sie. Sein Haar wehte im Wind.

»Les würde dich umbringen dafür, dass du mich so wild durch die Gegend knattern lässt!«, rief Emily.

Ihr Vater verdrehte die Augen. »Les weiß nicht, was schön ist!« Er schnalzte Spartakus zu, um ihn schneller zu machen.

Und ehe Emily sichs versah, jagten ihr Vater und ihre Tante wie die Wahnsinnigen nebeneinanderher den

Weg entlang auf eine Wegbiegung zu, hinter der eine Reihe von Baumstämmen quer über dem Pfad lag. Und schon flogen die Pferd darüber hinweg …

… und Emily lehnte sich verzweifelt nach hinten im Sattel und zerrte am Zügel, um Moondance aufzuhalten, die natürlich hinter ihren Stallgefährten her wollte. Meredith war die Einzige, die das bemerkte. Sofort nahm sie Halo zurück, ritt eine Volte und parierte den Fuchs neben Moondance durch, während die anderen vorn weitersprangen. »Was ist los?«

»Ich kann nicht!« Emilys Herz klopfte ihr bis zum Hals, ihre Brust war eng, die Kehle trocken.

»Kannst *was* nicht?«

Emily schüttelte verzweifelt den Kopf und begann zu schwitzen. »Ich kann's nicht, kann nicht springen.«

Meredith runzelte die Stirn. »Warum nicht?«

Emily spürte, dass ihre Hände zitterten. »Ich hab Angst«, flüsterte sie, »solche Angst.«

Mitgefühl breitete sich auf Merediths Gesicht aus, während sie Tante Debby brüllen hörten, sie sollten endlich nachkommen.

»Wartet!«, rief Meredith zurück. Sie wendete Halo nach rechts ab und ließ ihn zwischen den Bäumen hindurchgehen. »Komm schon, Em!«

Emily lenkte Moondance hinter Halo her in den Wald. »Wir reiten durchs Gebüsch?«

Meredith nickte.

Emily trieb Moondance an, sodass sie neben Meredith herreiten konnte. »Danke, dass du mich gerettet hast«, sagte sie leise. »Du bist toll.«

»Du solltest Debby sagen, dass du Angst hast.«

»Das kann ich nicht. Sie wird mich für eine Idiotin halten.«

»Tue *ich* das denn?«

Emily runzelte die Stirn. »Ich glaub nicht … Aber eigentlich wollte ich's dir auch nicht verraten. Ich hatte eben bloß keine andere Wahl.«

Meredith schüttelte den Kopf, während sich die Pferde um die Bäume herumschlängelten. »Emily, du liegst falsch. Debby mag dir knallhart vorkommen, aber sie hat schon so lange mit Pferden zu tun, sie wird es vollkommen verstehen.«

»Nein, glaub mir, wird sie nicht! Sie hält mich jetzt schon für unfähig. Wenn sie erfährt, dass ich Angst habe, dann …«

»Hör mal«, fiel Meredith ihr ins Wort, »als ich Halo bekommen habe, hatte er überhaupt keine Stallmanieren. Er war ein Beißer.«

Emily duckte sich unter einem Tannenzweig hinweg. »Ach so?«

»Am ersten Tag hat er mich sechs Mal gebissen. Ich hatte schreckliche Wunden an der Hüfte und an meiner Schulter und er hätte mir fast die Finger abgebissen.« Meredith lenkte Halo geschickt mit Zügel und Schenkeln um ein paar Bäume herum.

»Echt? Aber er wirkt so nett.«

Meredith sah Emily an. »Nach diesem ersten Tag bin ich zu Debby auf den Reitplatz gegangen und hab darauf beharrt, dass ich ihn zurückgeben will.«

Emily zog die Augenbrauen hoch. »Wirklich?«

Meredith schaute zu Emily und knallte gegen einen Ast. Sie drückte sich die Hand auf die Stirn, während Emily sich gerade eben noch ducken konnte.

»Ja, ich hab ihr gesagt, dass er mich bei lebendigem Leibe fressen würde, wenn ich ihn behalte.«

»Was hat sie gemeint?« Emily starrte hinüber zum Wurzelwerk eines Baumes, über das die anderen eben gesprungen waren. Es wirkte gewaltig aus diesem Blickwinkel.

Meredith packte den Zügel fester und ließ Halo durch einen kleinen Bach waten. »Sie hat mich gefragt, ob ich Angst vor ihm habe.«

Emily folgte Meredith auf Moondance durch das Wasser, wobei sie verstohlen in die Mähne griff für den Fall, dass die Stute beschließen sollte, einen Satz über den Bach zu machen, so wie einst Saphir auf ihrer ersten gemeinsamen Spritztour.

Doch Moondance balancierte vorsichtig wie eine Dame über die Steine.

»Und was hast du geantwortet?« Sie kamen an dem zweiten quer liegenden Baumstamm vorbei, über den Moondance im Schritt hätte gehen können.

Meredith sah Emily an. »Ich habe nicht zugegeben, dass ich Angst vor Halo hatte. Stattdessen habe ich irgend so was vor mich hin gebrabbelt wie: dass er ein bösartiges Mistvieh wäre, das mich zeit meines Lebens verfolgen würde.«

Emily prustete los. »Das hast du nicht!«

»Aber sicher! Sie hat natürlich kapiert, wie ich mich gefühlt habe.« Meredith rümpfte die Nase. »Also hat sie vorgeschlagen, dass wir gemeinsam mit Halo arbeiten, um die Sache in den Griff zu kriegen. Und sie hat Wort gehalten. Die nächsten drei Wochen war sie jedes Mal mit in der Box. Und wenn sie keine Zeit hatte, war Alison dabei. Und niemand hat mich gezwungen, allein mit ihm fertigzuwerden.«

Sie passierten den dritten entwurzelten Baum und Emily biss sich auf die Lippe. »Wirklich?«

»Wirklich.« Meredith lenkte Halo auf den Weg zurück. Die anderen waren schon hinter der nächsten Wegbiegung verschwunden. »Du musst ihr vertrauen, Em. Ganz bestimmt kann Debby dir helfen. Manchmal wirkt sie streng, aber sie kümmert sich, sie kümmert sich wirklich.«

»Um die Pferde vielleicht.«

Meredith ließ Halo antraben. »Nein, auch um uns.«

Emily kaute weiter auf ihrer Lippe herum. Sie hoffte von ganzem Herzen, dass Meredith recht hätte.

Als sie um die nächste Kurve kamen, sah sie ihre Tante mit Alison in ein Gespräch vertieft. In diesem Moment wünschte sie sich nichts sehnlicher, als Teil der Familie zu sein. Aber konnte sie dazugehören, wenn sie zugeben würde, dass sie Angst vorm Springreiten hatte?

Kapitel 21

Als die Wild Horse Ranch acht Stunden später wieder in Sicht kam, war Emily total erschöpft, aber auch wahnsinnig glücklich. Es war ein irrer Tag gewesen. Stundenlanges Reiten, das Picknick am Ufer eines fantastischen Sees … und alle waren so gut gelaunt gewesen. Niemals zuvor hatte sie ihren Vater so ausgelassen erlebt.

»Hat's dir gefallen, Em?«

Emily grinste, als Tante Debby ihr Pferd neben Moondance brachte. »Es war toll! Vielen Dank, dass ich mitkommen durfte!«

»Dass du mitkommen durftest?« Tante Debby lachte. »Emily, du gehörst zur Familie. So was darfst du doch nicht verpassen!«

Ein warmes Gefühl breitete sich in Emilys Brust aus. »Wirklich?«

»Wirklich.« Tante Debby neigte den Kopf. »Ich hab gemerkt, dass du heute die Sprünge gemieden hast. Machen sie dir immer noch Angst?«

Emily zögerte und dachte an Merediths Worte. Würde Tante Debby ihr helfen können? Dann stellte sie sich plötzlich vor, wie sich ihre Tante mit enttäuschter Miene abwandte. Stellte sich vor, wie sich der gesamte Zauber des Tages verflüchtigte, wenn Debby die Wahrheit über sie herausfand: dass sie nicht in der Lage war, ihre Angst vor dem Springreiten in den Griff zu bekommen. Auf einer Farm wie der Wild Horse Ranch, auf der der Springsport an erster Stelle stand, konnte es keinen Platz für sie geben.

Alison ritt mit Icy gleichauf. »Das war ein toller Tag, Mom! Danke!«

Tante Debby nickte, wandte den Blick aber nicht von Emily ab. Ganz eindeutig erwartete sie eine Antwort.

Alison schaute ebenfalls zu Emily. »Was ist los? Ärgert dich meine Mom? Wenn sie das tut, sag Bescheid, dann stehe ich dir bei.«

Ungläubig blinzelte Emily.

»Wir müssen zusammenhalten!« Alison grinste.

Emily musste lächeln. Und für den Bruchteil einer Sekunde fühlte sie sich zu Hause. Nach so einem schönen Tag konnte sie den Gedanken, dass sie sich ihretwegen Sorgen machten oder sie nicht respektierten, nicht ertragen. Also konnte sie ihnen auch nicht die Wahrheit sagen. »Mein Rücken tut immer noch weh«, log sie. »Ich kann morgen nicht zur Reitstunde kommen, sorry.«

Und ehe Tante Debby etwas erwidern konnte, tätschelte Alison Emilys Bein. »Wer als Erster am Stall ist, Cousinchen!«

Emily ergriff die Chance und setzte Alison auf Moondance nach. »Dann los!«

»Vorsichtig!«, rief ihnen Tante Debby noch hinterher.

»Hey!« Alison stukte Icy unbeeindruckt weiter, und Emily musste lachen, als Meredith sich ihnen jubelnd anschloss.

Es gab Emily ein tolles Gefühl, Moondance einfach den Kopf freizugeben und den Wind im Gesicht zu spüren.

Sie galoppierten an Herkules' Koppel vorbei, und Emily nahm Moondance etwas auf, um nach dem Pony zu schauen, das sie zusammen mit Max wieder dorthin gebracht hatte. Die Wiese war jedoch leer – und das Tor stand weit offen. Emily runzelte die Stirn.

Hatte ihn irgendjemand wieder hereingeholt? Oder war er getürmt?

Alison und Meredith parierten ihre Pferde ebenfalls zum Trab durch.

»Was ist denn los?«, fragte Meredith.

»Herkules. Er ist weg.« Emily begann, sich Sorgen zu machen.

»Herkules?« Alison zog die Stirn kraus. »Wer ist denn das?«

»Das Shetlandpony, um das ich mich zurzeit kümmere. Debby!« Emily winkte ihre Tante herbei, die mit dem Rest der Truppe gerade auf sie zugeritten kam. »Herkules ist weg!«, rief sie ihr zu. »Weißt du, wo er ist?«

Tante Debbys Miene verfinsterte sich augenblicklich. »Er muss irgendwie freigekommen sein …«

Plötzlich hörten sie Hufgetrappel. Sie drehten sich um und sahen Saphir geradewegs auf sie zugaloppieren.

Saphir wieherte und tänzelte auf der Stelle.

»Na, jetzt wissen wir jedenfalls, wie es Herkules geschafft hat auszubüxen«, sagte Alison. »Wahrscheinlich müssen wir alle Riegel auf dieser Farm Saphir-sicher machen.« Sie beugte sich seitlich herab, um nach

Saphirs Führstrick zu greifen, aber der Rappe sprang beiseite.

Emily schnipste mit den Fingern. »Saphir, komm her!« Sie musste lächeln, als er direkt zu ihr trottete und den Kopf auf Moondances Widerrist legte. Rasch griff Emily nach dem Führstrick und drückte Saphir einen Kuss auf die Nase.

»Er liebt dich.« Meredith seufzte. »Wie cool!«

»Ich lieb ihn auch.« Emily kraulte Saphirs Ohren. »Komm mit, Süßer, zurück zum Stall!«

Doch Saphir schüttelte die Mähne und stampfte mit dem Vorderhuf auf. Er blickte mit gespitzten Ohren Richtung Wald. Dann hob auch Moondance den Kopf und starrte in dieselbe Richtung. Und Halo und Icy taten es ihm nach.

»Was ist da drüben?« Emily zog die Stirn kraus und stand in den Steigbügeln auf, um zu sehen, was die Pferde ablenkte, aber da waren nur Bäume. Sie packte Moondances Zügel und Saphirs Führstrick fester. »Könnt ihr irgendwas sehen?«

»Nein.« Meredith beschirmte die Augen mit der Hand, und Halo fing augenblicklich an zu tänzeln, als könnte er es nicht erwarten, zum Wald zu kommen.

»Alison?«, fragte Emily.

»Ich sehe auch nichts.«

»Horcht mal!« Tante Debby war inzwischen bei ihnen angekommen.

Emily und der Rest wurden still und blickten zum Wald. Im ersten Moment konnte Emily nur das Atmen und Schnauben der Pferde hören.

Aber dann nahm sie noch etwas anderes wahr: ein schrilles Wiehern!

Sie bekam eine Gänsehaut. »Da stimmt doch was nicht …«, stammelte sie.

»Das kommt von da drüben aus dem Wald«, sagte Meredith. »Was ist denn da?«

Tante Debby blickte finster drein. Dann sah sie zu ihrem Mann. »Rick, bring du zusammen mit Scott die beiden Kleinen nach Hause. Wir Übrigen sehen nach, was los ist!« Sie galoppierte an und ritt direkt auf den Hügel zu, Meredith und Alison ließen ihre Pferde folgen.

Emily zog es den Magen zusammen, als sie Moondance den anderen hinterherschickte. Herkules hatte schon so viel erleiden müssen. Hoffentlich ist alles okay, dachte sie.

Sie galoppierten an einer Scheune vorbei in den Wald hinein, brachen durchs Unterholz. Saphir folgte Moondance, von Emily am Führstrick gehalten. »Woher weißt du, wo wir hinmüssen?«, fragte sie ihre Tante. »Sollten wir nicht mal anhalten und horchen?«

Tante Debby rief über die Schulter zurück: »Grandpa hatte da oben eine Hütte, dort ist er immer hingegangen, wenn er seine Ruhe haben wollte, zusammen mit Max. Sie ist inzwischen ziemlich heruntergekommen.«

Emily keuchte, als sie auf die Lichtung ritten und sie den Haufen alter Bretter sah. Max stand davor, hob den Kopf und wieherte. Emily seufzte erleichtert. »Er sieht okay aus …«

Aber dann sah sie Herkules: Das kleine Pony war bis zu den Schultern unter dem Schutt der teilweise zusammengebrochenen Hütte begraben. Lediglich Hals und Kopf schauten heraus. In seinen Augen stand Panik!

Kapitel 22

»Herkules!« Tante Debby sprang vom Pferd und rannte zu der Hütte. Doch als sie näher kam, stieß Herkules ein schrilles Wiehern aus und unternahm einen weiteren hoffnungslosen Versuch, sich zu befreien.

Tante Debby blieb wie angewurzelt stehen. Weitere Bretter fielen zu Boden und verfehlten das kleine Shetlandpony nur knapp.

»Herkules«, versuchte Tante Debby, das Pony zu locken. »Ich will dir helfen.«

Doch das Pony wurde nur nervöser. Emily schnappte nach Luft, als sich das Dach der Hütte bedrohlich nach vorn neigte. »Oh, mein Gott!«

Tante Debby wich zurück. Herkules atmete schwer und rollte mit den Augen.

»Emily«, sagte Tante Debby mit ruhiger Stimme. »Komm her zu mir.«

Emily glitt aus Moondances Sattel und führte die Stute und Saphir zu Tante Debby hinüber. Herkules' Blick folgte jeder ihrer Bewegungen. »Wenn es irgendjemanden gibt, dem er vertrauen könnte, dann bist du das. Du musst ihn aus den Trümmern befreien.«

»Ich?«, keuchte Emily.

»Oder ihn wenigstens so weit beruhigen, dass ich das tun kann.« Tante Debby nahm ihr Moondances Zügel und Saphirs Führstrick aus der Hand. »Los!«

Emily schluckte hart. Würde Herkules ihr mehr vertrauen als ihrer Tante? Sie musste es wenigstens versuchen. Behutsam bewegte sie sich vorwärts und raunte Herkules zu: »Hey, Süßer, du hast dich in ziemliche Schwierigkeiten gebracht, was?«

Er spitzte die Ohren und schien ihr zuzuhören, dabei wirkte er weiterhin sehr angespannt.

Sie machte noch einen Schritt auf ihn zu. »Saphir und ich sind hier, um dir zu helfen. Erinnerst du dich an Saphir?«

Der Rappe wieherte und Herkules wandte ihm seinen Blick zu.

»Und Max ist auch da. Er vertraut mir, und du weißt, dass du seinem Urteil folgen kannst.« Sie erreichte Max und klopfte seinen Hals. Doch das alte Pferd hatte die Ohren angelegt und zitterte. »Mach dir keine Sorgen, alter Junge. Wir werden deinen neuen Freund da rausholen!« Sie betrachtete das kleine Pony und ihr Herz begann zu hämmern. Ich kann das nicht, schoss es ihr durch den Kopf. Was, wenn ich ihn aufrege und er sich nur noch mehr verletzt? Ihr Magen rebellierte. Sie wusste, dass sie es nicht ertragen würde, mit ansehen zu müssen, was geschehen würde, wenn sie versagte. Sie wandte sich langsam ihrer Tante zu. »Ich kann nicht …«

Doch dann fiel ihr Blick auf Saphir. Er hatte seinen schwarzen Kopf aufmerksam erhoben und beobachtete das Geschehen eingehend. Saphir hat nie vor irgendwas Angst, dachte Emily. Er kannte keine Furcht. Saphir würde keine Sekunde zögern. Er wandte seinen Blick von Herkules ab und sah direkt zu Emily und ihr wuchsen neue Kräfte. Mit einem Mal wusste sie, sie würde es schaffen. Schnell richtete sie ihre Aufmerksamkeit wieder auf Max und Herkules. Sie ließ ihre Finger an Max' Nase hinaufwandern, bewegte sich langsam an ihm vorbei und kletterte vorsichtig über einen Bretterstapel. Als sie nur noch einen halben Meter von Herkules entfernt war, hielt sie inne. Sie bemerkte die unerträgliche Anspannung im Körper des kleinen Shettys. Er hatte grauenhafte Angst. Mit weit aufgerissenen Augen beobachtete er sie.

»Hey, Süßer.« Emily schob sich näher heran und Max wieherte und streckte Herkules seine Nase entgegen. Der reckte den Hals, doch über die Trümmer hinweg konnten sich ihre Nüstern nicht berühren.

»Okay, ich werde versuchen, ein paar von diesen Brettern hier wegzuziehen.«

Herkules verfolgte jede ihrer Bewegungen, blieb jedoch regungslos stehen.

Als das erste Brett zu Boden polterte, zuckte Herkules zusammen, doch er rührte sich nicht von der Stelle. Er sah einfach weiter zu Max, so als wollte er damit Emilys übergroße Nähe ausblenden.

»Ich glaube, er hat verstanden, dass ich ihm helfen will«, sagte Emily gerade so laut, dass ihre Tante sie hören konnte.

»Du machst das gut, Emily.«

Debbys Worte füllten Emily mit Stolz. Sie war die Einzige, die Herkules retten konnte, die Einzige, der er genügend vertraute.

»Okay, Herkules, holen wir dich hier raus.« Sie bewegte sich jetzt schneller. Ein Brett nach dem anderen entfernte sie. Und Herkules' Hufe schienen fest am Boden verankert zu sein. Zwar zitterte er immer noch, aber sein Atem ging regelmäßig.

Und mit einem Mal war Emily sich sicher, dass sie es schaffen würde.

Sie würde Herkules retten!

Sie duckte sich unter seinem Hals hindurch, ohne dass er zurückwich. »Fast geschafft, Süßer!«

Emily stellte sich seitlich vor ihn und griff in seine dicke Mähne.

»Komm schon, Herkules. Du musst nur über die paar Bretter hier.«

Sie zog vorsichtig an der Mähne und wie in Zeitlupe hob das Shetty einen winzigen Huf und setzte ihn ganz vorsichtig über eine der Holzplatten.

»Feiner Junge, kriegst du das noch mal hin?«

Und tatsächlich wagte Herkules einen zweiten Schritt, ohne den Blick von Max zu wenden. Dann tat er noch einen und den nächsten und noch einen – und plötzlich war er frei!

»Geschafft, Herkules!« Emily wollte ihn umarmen, doch das kleine Pony sprang rasch zur Seite. Dann drehte es sich aber wieder um und schaute sie an. Mit bebender Stimme wieherte es, bevor es zu Max hinübertrottete.

Emily strahlte, als Tante Debby mit Moondance, Saphir und ihrem eigenen Reitpferd an der Hand auf sie zutrat. Saphir legte Emily sofort den Kopf auf die Schulter, und sie schlang die Arme um seine Nase und war überrascht zu merken, dass sie selbst zitterte. Sie ließ sich gegen ihn sinken und hatte das Gefühl, gleich zusammenbrechen zu müssen. »Danke, dass du für mich da gewesen bist«, flüsterte sie dem Rappen ins Ohr. »Ohne dich hätte ich das nicht hinbekommen.«

Tante Debby schloss Emily fest in ihre Arme. »Du hast es geschafft!«

Herkules scheute und trottete von ihnen fort, als Alison und Meredith ihre Pferde heranführten, um Emily auch zu umarmen.

»Das hast du toll gemacht, Emily! Du hast ihn gerettet!«, rief ihre Cousine.

Emily sah zu, wie Max in Richtung Stall lief, dicht gefolgt von Herkules. »Er hat sich selbst gerettet, indem er begriffen hat, dass er mir vertrauen kann.«

Tante Debby drückte Emily noch einmal und ließ sie dann los. »Okay, jetzt alle Mann zurück nach Hause!« Sie sah zu Emily. »Ich möchte, dass Rick Herkules gründlich untersucht und nachsieht, ob er in Ordnung ist. Kannst du ihm helfen? Du solltest dabei sein. Ich bringe Saphir zurück ...« Sie streckte den Arm nach ihm aus, doch Emily hatte ihn zuerst am Halfter gepackt.

»Ich nehme ihn mit, wenn das okay ist. Weil nämlich ...« Sie hielt ihre Hand hoch, die deutlich zitterte. »Ich brauche ihn jetzt in meiner Nähe.« Sie richtete sich auf und wartete auf den Protest ihrer Tante.

»Zwischen Saphir und dir läuft was ganz Besonderes, stimmt's?«, fragte diese.

Emily nickte. »Ist das ein Problem?«

Tante Debby seufzte und strich Emily das Haar hinters Ohr. »Nein, Em, ist es nicht. Ich will nur nicht, dass es dir das Herz bricht, wenn er fortgeht. Davor will ich dich beschützen.«

Und Emily las in den Augen ihrer Tante, dass sie meinte, was sie sagte. Ihr Blick war sanft und warm. Ihre Tante machte sich wirklich Sorgen um sie. »Ich hab Angst!«, platzte es in diesem Moment aus ihr heraus.

Tante Debby runzelte die Stirn. »Saphir zu verlieren?«

»Angst vorm Springen.« Emily hörte ein Pferd schnauben und stellte mit Entsetzen fest, dass Alison und Meredith noch immer in der Nähe waren und ebenfalls zuhörten. Sie senkte den Blick und kickte mit ihren staubigen Reitstiefeln einen Stein fort. »Ist egal …«

»Als ich anfing zu reiten, habe ich mich zwei Jahre lang nicht getraut zu galoppieren«, sagte Alison.

Emily schaute auf. »Was?«

»Ich hatte schreckliche Angst davor Ich hab's einfach nicht gemacht.« Sie rollte mit den Augen. »Ich war ein Riesenfeigling.«

»Ehrlich?« Emily ließ entspannt die Schultern sinken.

Alison nickte. »Ich schwör's dir. Und Springen erst? Vergiss es! Keine Chance!«

Tante Debby kicherte und legte Emily wieder den Arm um die Schultern. »Ich hatte schon fast die Hoffnung aufgegeben, dass aus Alison eine Reiterin werden würde, bis sie im Fernsehen die Olympischen Sommerspiele gesehen und sich in eines der Pferde verguckt hat. Nachdem es über diese riesigen Hindernisse gegangen war, kamen ihr unsere kleinen Hopser plötzlich gar nicht mehr so Furcht einflößend vor, und ich hatte sie am Haken.«

»*Ernsthaft?* Ihr denkt euch das jetzt nicht alles meinetwegen aus?«

»Nein, verdammt!«, sagte Meredith. »Wir haben alle mal Angst gehabt. Erinnerst du dich noch an die ersten Tage mit Halo?«, fragte sie Emilys Tante.

Die lachte. »Ich muss gestehen, Halo hat mir eine Zeit lang ziemliche Sorgen bereitet. Ich hatte wirklich Angst um dich. Du hast ihn am Ende aber gut erziehen können.«

Meredith klopfte Halo voller Zuneigung den Hals. »Jetzt ist er ein Herzchen.«

»Ein Herzchen mit Zähnen«, sagte Alison. »Man darf ihm immer noch nicht den Rücken zukehren.«

Emily traute ihren Ohren kaum. Sogar ihre Tante war wegen Halo besorgt gewesen? »Also haltet ihr mich jetzt nicht alle für einen Feigling?«

Tante Debby führte Emily über die Lichtung. Die Pferde folgten ihnen. »Nein, das tun wir nicht. Es ist vollkommen logisch, dass du Angst hast.« Sie drückte Emilys Arm. »Aber ich glaube, ich weiß, wie ich dir die Angst nehmen kann. Sei morgen früh um acht am Reitplatz.«

Emily schluckte und ihre Hände wurden feucht. »Zu einer Springstunde?«

Tante Debby schüttelte den Kopf und lächelte. »Nicht unbedingt. Vertrau mir.«

Emily atmete tief durch und nickte. »Okay, ich werde da sein. Ich vertraue dir.«

Das Lächeln ihrer Tante wurde breiter. »Danke, dass du das gesagt hast.« Sie küsste Emily auf die Stirn und ihre Augen leuchteten mehr denn je. »Danke!«

Kapitel 23

Am nächsten Morgen hockte Emily um drei Minuten nach acht auf ihrem Bett. Sie war in voller Montur – in Reithose, Stiefeletten, Chaps, Reithelm und Handschuhen, fertig für den Reitunterricht.

Oder auch nicht.

»Ich schaffe das nicht«, flüsterte sie. Sie betrachtete ihre Hände, die leicht zitterten.

In dem Augenblick klopfte es an der Tür, und bevor sie Herein sagen konnte, kam ihr Vater ins Zimmer marschiert. Er trug ein ausgebleichtes rotes T-Shirt, das er in New Jersey immer bei der Gartenarbeit angehabt hatte.

Er setzte sich neben sie und das Bett ächzte unter seinem Gewicht. »Na, Em?«

Sie sah ihn überrascht an. »Was machst du denn hier?«

»Debby hat mir von eurem Gespräch gestern erzählt. Dass du Angst vorm Springen hast. Ich dachte, du könntest nervös sein vor der Reitstunde heute früh, und wollte mit dir zusammen runtergehen.«

Emily atmete tief durch und sah ihren Vater an. »Wärst du denn nicht enttäuscht von mir, wenn ich nicht mehr springen wollte? Ich weiß nicht, ob ich's schaffe.«

Scott lächelte und klopfte leicht auf ihren Helm. »Emily, sei kein Narr! Ich bin zehn Jahre lang nicht geritten. Wenn du keine Lust mehr zum Reiten hast, ist das okay.«

Ihre Augen füllten sich mit Tränen. »Wirklich?«, fragte sie mit bebender Stimme.

Er fasste sie unters Kinn und zwang sie, ihm in die Augen zu sehen. »Nicht mehr zu reiten, weil du keine Lust dazu hast, ist vollkommen in Ordnung. Aber nicht mehr zu reiten, weil du Angst davor hast – das wäre ein Riesenfehler.«

»Aber ich habe Angst vorm Springen!« Als die Worte aus ihr herausbrachen, spürte Emily, wie gut es war, sie auch ihrem Vater gegenüber ausgesprochen zu haben.

»Okay, lass uns nachsehen, was deine Tante Debby heute geplant hat, bevor du einen Entschluss fasst.« Er stand auf und streckte ihr die Hand entgegen. »Komm schon, Em. Alles wird gut.«

Sie atmete tief durch, erhob sich und ergriff die Hand ihres Vaters. »Danke, dass du gekommen bist, um mich abzuholen.«

Er lächelte ihr zu. »Jederzeit, Em. Und wenn ich jemals vergessen sollte, dich abzuholen, wenn du mich brauchst, dann sag Bescheid!«

Ein Lächeln huschte über ihr Gesicht. Wenn Tante Debby und ihr Dad auf sie aufpassen würden, konnte ihr nichts geschehen. Alles würde gut werden.

Hoffentlich.

Als Emily um den Stall herum zum Reitplatz kam, sah sie ihre beiden Cousinen, Kyle, Meredith und Onkel Rick auf dem Zaun sitzen ... um ihrer Reitstunde zuzusehen?

Empört schnappte sie nach Luft und ihre Wangen fingen an zu glühen. Sie öffnete den Mund, um zu protestieren ...

»Emily!« Debby winkte ihr vom Platz aus zu und Emily erstarrte.

Ihre Tante hielt Saphir am Zügel. Er war gesattelt und getrenst, fertig zum Reiten.

»Was macht er hier?« Emilys Mund war trocken, ihre Hände zitterten schon wieder. Sie sah zu ihrem Vater. »Dad?«

Er lächelte. »Wir haben beschlossen, dass du ein Pferd reiten musst, dem du vertraust, und du vertraust keinem mehr als Saphir.«

Emily klappte der Unterkiefer herunter. »Ich habe eine Reitstunde auf Saphir?!«

Scott kicherte. »Nicht, wenn du jetzt nicht da rübergehst und aufsitzt!«

Emilys Augen füllten sich mit Tränen. Sie kletterte zwischen den Koppelstangen hindurch, lief über den Platz und blieb ehrfurchtsvoll vor Saphir stehen. Sie konnte es nicht fassen.

Sie durfte ihn reiten!

Tante Debby hielt ihr die Zügel entgegen und lächelte sie an. »Du solltest aufsitzen, oder nicht?«

»Oh ja!« Emily schnappte sich den Zügel, doch statt in den Sattel zu steigen, warf sie Saphir die Arme um den Hals und barg ihr Gesicht in seinem warmen Fell. Er schnaubte und wich seitwärts. »Er will, dass ich aufsitze.«

»Na klar, will er das. Soll ich dich raufwerfen?«, fragte Debby.

»Aber sicher!« Emily griff nach dem Sattel und winkelte das linke Bein an.

»Auf drei. Eins, zwei, drei!« Ihre Tante hob sie hoch, und Emily schwang ihr Bein über Saphirs breiten Rücken und saß tief in den Ledersattel ein.

»Oh wow!« Emily beugte sich vor und streichelte Saphirs Hals, während Tante Debby ihr die Steigbügel verschnallte.

Saphir drehte ihr den Kopf zu und sah sie aus seinen ruhigen dunkelbraunen Augen an. Wärme stieg in Emily auf. Saphir würde auf sie aufpassen.

Tante Debby tätschelte ihr Bein. »Alles bestens, dann reite ihn mal ab!«

Emily steckte die Füße in die Steigbügel. »Danke!«, flüsterte sie.

Tante Debby zwinkerte ihr zu. »Und los, wir sind nicht zum Schwatzen hier.«

Kichernd nahm Emily die Zügel auf, und sofort setzte sich Saphir in einem eifrigen Schritt in Bewegung, der angenehm und majestätisch war, ganz wie er selbst. Sie blickte zum Publikum hinüber.

Sie alle lächelten, sogar Kyle. Meredith hielt den Daumen hoch, und Emily erwiderte die Geste. Und dann sah sie sogar Max und Herkules am Rande stehen.

Herkules hatte seine kleine Nase auf der unteren Zaunstange abgestützt und beobachtete sie. Sie warf ihm eine Kusshand zu, und er schnaubte und trottete um Max herum, um sich zu verstecken. Doch schon einen Augenblick später schaute er wieder unter Max' Bauch hervor.

Saphir machte einen kleinen Satz nach rechts, und Emily lachte, als sein breiter Rücken sie mühelos in der Bewegung mitnahm. »Sogar auf dem Reitplatz bist du ein Unruhestifter!«

Wieder drehte er den Kopf, um sie anzusehen, und sie hätte schwören können, dass er ihr zugezwinkert hatte. Ihr Herz pochte voller Vorfreude. »Gut, wenn du so viel Energie hast, dann wollen wir mal!«

Sie legte leicht die Schenkel an und seufzte glücklich, als Saphir sofort reagierte und mit kraftvollen, athletischen Bewegungen lostrabte. Er ließ seine Muskeln spielen, während er vorwärtsstrebte, voller Kraft und Energie und dabei so leichtfüßig und elegant, als berührten seine Hufe kaum den Boden.

Sie sah zu ihrer Tante hinüber. »Galopp?«, fragte sie.

Tante Debby nickte mit funkelndem Blick.

Augenblicklich saß Emily tief im Sattel ein, verkürzte den inneren Zügel, legte das äußere Bein verwahrend eine Handbreit hinter den Gurt und trieb mit dem inneren Schenkel. Sie spürte einen Energiestoß, als Saphir mit dem Schweif schlug, und wusste sofort, was er vorhatte.

Rasch schloss sie die Knie fest um den Sattel, packte entschlossen die Zügel und kicherte, als Saphir loszustürmen versuchte.

»Ich kenn dich zu gut, Saphir!« Sie warf sich mit ganzem Gewicht zurück, damit er den Kopf nicht zwischen die Vorderbeine bekam. »Alter Stänker!«

Saphir schlug noch einmal mit dem Schweif, machte einen kleinen Hüpfer und sprang dann in einen rhythmischen Galopp. Emily klopfte seinen Hals.

»Gut gemacht, Emily!«

Sie blickte zu ihrer Tante hinüber, die an einem Oxer lehnte. »Wirklich?«

Debby nickte. »Du hast geahnt, was er vorhat, und hast rechtzeitig reagiert. Sehr gut!«

Emily hörte die Aufrichtigkeit in der Stimme ihrer Tante und konnte nicht aufhören zu strahlen.

Tante Debby legte das Stangenkreuz tief und zeigte darauf. »Bist du bereit dafür, Em? Ohne Druck!«

Emily sah zu dem rot-weißen Hindernis hinüber, und sofort kam ihr der Sprung in den Sinn, an dem sie auf dem Turnier verunglückt war. Doch Saphir schnaubte und brachte sie zurück in die Gegenwart.

Sie kürzte die Zügel und nickte. »Dann los!« Schließlich saß sie auf dem Rücken ihres besten Freundes.

»Aus dem Trab, im leichten Sitz, und greif in die Mähne! Er hat viel mehr Schwung als Moondance. Also festhalten, sonst bleibst du hinter der Bewegung zurück!«, rief ihre Tante.

Emily ließ Saphir traben und ritt dann energisch auf das Hindernis zu. Saphir hob den Kopf und spitzte die Ohren. Sie spürte, wie er anzog, sie näherten sich dem Sprung, und sie wartete auf die Angst … die jedoch nicht kam.

Da war nur vollkommenes Vertrauen in das Pferd, auf dem sie saß. Sie waren ein Team.

Sie stellte sich in den Steigbügeln auf und griff in Saphirs Mähne.

Dieser schnellte so hoch in die Luft, dass Emily meinte zu fliegen!

Sie hatte die Knie gut am Sattelblatt und ließ sich in der Bewegung mitnehmen, während sie durch die Luft segelten. Bei der Landung saß sie rechtzeitig wieder im Sattel ein und bewahrte ihre perfekt ausbalancierte Position.

»Weiter!«, rief Tante Debby. »Mit sechs Galoppsprüngen zum Steilsprung!«

Emily sah zu dem Hindernis, das höher war als alle, über die sie je gesprungen war, nicht ganz einen Meter hoch, aber auch nicht viel weniger. Ein Adrenalinstoß schoss ihr durch den Körper, als sie Saphir darauf zusteuerte und seine Galoppsprünge zählte. Eins, zwei, drei, vier, fünf, sechs! Saphirs Hinterhand katapultierte sie in die Höhe.

Es schien Emily, als schwebten sie stundenlang durch die Luft, und sie wusste, endlich war sie auf der Wild Horse Ranch angekommen.